L'art d'aimer avec élégance

L'ART D'AIMER
AVEC ÉLÉGANCE

Les plus beaux textes
de la littérature amoureuse

choisis par Joseph Vebret

Christine Bonneton

POCHE

Direction éditoriale
Hélène Tellier

Éditeur
Anne-Sophie de Tarragon

Correctrice
Delphine Gay

Conception graphique
Vivien Therme/Francis Rossignol

Composition
Atlant'Communication

2, rue Colombier – ZA Les Vignettes – 63400 Chamalières
www. Editions-bonneton
ISBN : 978-2-8625-3999-7

Christine Bonneton éditeur,
un département de Losange éditions

Je n'ai cherché en vous que vous-même...

[...] Vous savez, mon bien-aimé, et nul n'ignore tout ce que j'ai perdu en vous ; vous savez par quel déplorable coup l'indigne et publique trahison dont vous avez été victime m'a retranchée du monde en même temps que vous-même, et que ce qui cause incomparablement ma plus grande douleur, c'est moins la manière dont je vous ai perdu que de vous avoir perdu. Plus poignante est ma peine, plus elle réclame de puissantes consolations. Au moins n'est-ce point un autre, c'est vous, vous, seul sujet de mes souffrances, qui pouvez seul en être le consolateur. Unique objet de ma tristesse, il n'est que vous qui puissiez me rendre la joie ou m'apporter quelque soulagement. Vous êtes le seul pour qui ce soit un pressant devoir : car toutes vos volontés, je les ai aveuglément accomplies. Ne pouvant vous résister en rien, j'ai eu le courage, sur un mot, de me perdre moi-même. J'ai fait plus encore : étrange chose ! mon amour s'est tourné en délire ; ce qui était l'unique objet de ses ardeurs, il l'a sacrifié sans espérance de le recouvrer jamais. Par votre ordre, j'ai pris avec un autre habit un autre cœur, afin de vous montrer que vous étiez le maître unique de mon cœur aussi bien que de mon corps. Jamais, Dieu m'en est témoin, je n'ai cherché en vous que vous-même ; c'est vous seul, non vos biens que j'aimais. Je n'ai songé ni aux conditions du mariage, ni à un douaire quelconque, ni à mes jouissances, ni à mes volontés personnelles. Ce sont les vôtres, vous le savez, que j'ai eu à cœur de satisfaire. Bien que le nom d'épouse paraisse et plus sacré et plus fort, un autre a toujours été plus doux à mon cœur, celui de votre maîtresse, ou même, laissez-moi le dire, celui de votre concubine et de votre fille de joie ; il me semblait que, plus je me ferais humble pour vous, plus je m'acquerrais de titres à votre amour, moins j'entraverais votre glorieuse destinée. [...]

Tandis que je goûtais avec vous les plaisirs de la chair, on a pu se demander si c'était la voix de l'amour que je suivais ou celle du plaisir. On peut voir maintenant à quels sentiments j'ai, dès le principe, obéi. Pour condescendre à votre volonté, j'en suis arrivée à m'interdire tous les plaisirs ; je ne me suis rien réservé de moi-même, rien que le droit de me faire toute à vous. Quelle injustice de votre part, voyez donc, si vous accordez de moins en moins à qui mérite de plus en plus, si vous refusez absolument tout, quand on vous demande si peu de chose et une chose si facile !

Au nom donc de celui auquel vous vous êtes consacré, au nom de Dieu même, je vous en supplie, rendez-moi votre présence, autant qu'il est possible, en m'envoyant quelques lignes de consolation. [...]

Héloïse d'Argenteuil (1092-1164)
Lettre à Pierre Abélard

L'amant véritable qui ne désire que vous...

[...] Vous êtes plus que le ciel, plus que la terre, vous dont le Créateur du ciel s'est fait lui-même la rançon. Qu'a-t-il trouvé en vous, je vous le demande, lui à qui rien ne manque, pour n'avoir pas, afin de vous posséder, reculé devant les angoisses de la plus horrible, de la plus ignominieuse des morts ? Qu'a-t-il, je le répète, cherché en vous, si ce n'est vous-même ? Celui-là est l'amant véritable qui ne désire que vous et non ce qui est à vous ; celui-là est l'amant véritable qui disait en mourant pour vous : « Il n'est point de plus grand témoignage d'amour que de mourir pour ceux qu'on aime. » C'est lui qui vous aimait véritablement et non pas moi. Mon amour à moi, qui nous enveloppait tous deux dans les liens du péché, n'était que concupiscence : il ne mérite pas ce nom d'amour. J'assouvissais sur vous ma misérable passion ; voilà tout ce que j'aimais ! J'ai, dites-vous, souffert pour vous ; cela peut être vrai, mais il serait plus juste de dire que j'ai souffert par vous ; encore était-ce malgré moi ; j'ai souffert, non pour l'amour de vous, mais par la violence exercée contre moi ; non pour votre salut, mais pour votre désespoir. C'est pour votre salut au contraire, c'est de son plein consentement que Jésus-Christ a souffert pour vous, Jésus dont les souffrances guérissent toute maladie, écartent toute souffrance. Portez donc vers lui, je vous en conjure, et non vers moi toute votre dévotion, toute votre compassion, toute votre componction. L'iniquité de la cruauté abominable consommée sur un innocent, voilà ce qu'il faut déplorer, et non le châtiment qui m'a été charitablement infligé par la justice divine, ou plutôt, je l'ai déjà dit, par la grâce infinie dont nous avons été l'un et l'autre l'objet.

C'est être injuste que de n'aimer pas la justice, et très-injuste que de se montrer contraire à la volonté de Dieu, que dis-je ? aux bienfaits d'une telle grâce. Pleurez votre Sauveur et non votre corrupteur, celui qui vous a rachetée, non celui qui vous a perdue, le Seigneur qui est mort pour vous et non l'esclave qui vit encore, ou qui vient seulement d'être délivré véritablement de la mort éternelle. [...]

Pierre Abélard (1079-1142)
Lettre à Héloïse d'Argenteuil

Si j'ai le cœur dolent

Se j'ay le cuer dolent je n'en puis mais,
Car mon ami s'en vait en Angleterre,
Ne je ne sçay quant le reverray mais
Le bel et bon qui mon cuer tient en serre ;
Car entre luy et moy ara grant barre ;
Mais jamais jour joye ne bien n'aray,
Jusques a tant que je le reverray.

Et quant je pense a ses gracieux fais
Doulz et plaisans, trop fort le cuer me serre ;
Et comment pour morir, certes, jamais
Ne me courçast, et ou pourroye querre
Nul plus plaisant ? or vueil je Dieu requerre,
Qui le connoit ; mais dolente seray,
Jusques a tant que je le reverray.

Or est mon cuer chargié de pesant fais,
Dont plains et plours me feront dure guerre ;
Et en lui seul seront tous mes regrais,
Car je l'aim plus que riens qui soit sus terre.
Si convendra que le renvoye querre,
Ou a douleur et meschief languiray,
Jusques a tant que je le reverray.

Christine de Pisan (1364-1430)
Le livre des Cent Ballades

Dieu, qu'il la fait bon regarder

Dieu, qu'il la fait bon regarder,
La gracieuse, bonne et belle !
Pour les grants biens qui sont en elle,
Chacun est prest de la louer.

Qui se pourroit d'elle lasser ?
Toujours sa beauté renouvelle,
Dieu, qu'il la fait bon regarder,
La gracieuse, bonne et belle !

Par deçà ne delà la mer
Ne sçay Dame ne Damoiselle
Qui soit en tous biens parfais telle ;
C'est un songe que d'y penser.
Dieu, qu'il la fait bon regarder !

Charles d'Orléans (1394-1465)
Rondeaux

Des plus beaux yeux et du plus clair visage

Des plus beaux yeux, et du plus clair visage
Qui oncques fut, et des beaux cheveux longs,
Qui faisaient l'or et le soleil moins blonds,
Du plus doux ris, et du plus doux langage ;

Des bras et mains qui eussent en servage,
Sans se bouger, mené les plus félons,
De celle qui du chef jusqu'aux talons
Semblait divin, plus qu'humain personnage,

Je prenais vie. Or d'elle se consolent
Le roi céleste, et ses courriers qui volent,
Me laissant nu, aveugle en ce bas estre.

Un seul confort attendant à mon deuil,
C'est que là-haut, elle qui sait mon veuil[1]
M'impétrera[2] qu'avec elle puisse être.

Clément Marot (1496-1544)
Élégies

1. Ma volonté.
2. M'obtiendra.

Le jour passé de ta douce présence

Le jour passé de ta douce présence
Fut un serein en hiver ténébreux,
Qui fait prouver la nuit de ton absence
À l'œil de l'âme être un temps plus ombreux,
Que n'est au Corps ce mien vivre encombreux,
Qui maintenant me fait de soi refus.

Car dès le point, que partie tu fus,
Comme le Lièvre accroupi en son gîte,
Je tends l'oreille, oyant un bruit confus,
Tout éperdu aux ténèbres d'Égypte.

Maurice Scève (1501-1564)
Délie

Ô VRAYE AMOUR, DONT JE SUIS PRISE

Ô vraye amour, dont je suis prise,
Comment m'as-tu si bien apprise
Que de mon Jour tant me contente,
Que je n'en espère autre attente,
Que celle de ce doulx amer,
Pour me guérir du mal d'aymer.
Du bien j'ay eu la jouyssance,
Dont il m'a donné congnoissance
Pour m'asseurer de l'amytié,
De laquelle il tient la moytié :
Doncques est-il plus doulx, qu'amer,
Pour me guerir du mal d'aymer.
Helas amy, en ton absence
Je ne puis avoir asseurance,
Que celle, dont (pour son plaisir)
Amour cault me vient dessaisir
Pour me surprendre, & desarmer :
Gueris moy donc du mal d'aymer.

Pernette DU GUILLET (1521-1545)
Rymes

La nuit m'est courte, et le jour trop me dure

La nuit m'est courte, et le jour trop me dure,
Je fuis l'amour, et le suis à la trace,
Cruel me suis, et requiers votre grâce,
Je prends plaisir au tourment, que j'endure.

Je vois mon bien, et mon mal je procure,
Désir m'enflamme, et crainte me rend glace,
Je veux courir, et jamais ne déplace,
L'obscur m'est clair, et la lumière obscure.

Vôtre je suis et ne puis être mien,
Mon corps est libre, et d'un étroit lien
Je sens mon cœur en prison retenu.

Obtenir veux, et ne puis requérir,
Ainsi me blesse, et ne me veut guérir
Ce vieil enfant, aveugle archer, et nu.

Joachim du Bellay (1522-1560)
L'Olive

Amour, Amour, donne-moi pais ou trêve

Amour, Amour, donne-moi pais ou trêve,
Ou bien retire, et d'un garot plus fort
Tranche ma vie, et m'avance la mort,
Me bienheurant d'une langueur plus brève.

Soit que le jour, ou se couche, ou se lève,
Je sens toujours un penser qui me mord,
Et contumax au cours de son effort,
De pis en pis mes angoisses rengréve.

Que dois-je faire ? Amour me faict errer
Si hautement, que je n'ose espérer
De mon salut que la désespérance.

Puis qu'Amour donc ne me veut secourir,
Pour me défendre, il me plaist de mourir,
Et par la mort trouver ma délivrance.

Pierre de Ronsard (1524-1585)
Les Amours

Si c'est aimer, Madame, et de jour, et de nuit

Si c'est aimer, Madame, et de jour, et de nuit
Rêver, songer, penser le moyen de vous plaire,
Oublier toute chose, et ne vouloir rien faire
Qu'adorer et servir la beauté qui me nuit :

Si c'est aimer que de suivre un bonheur qui me fuit,
De me perdre moi-même et d'être solitaire,
Souffrir beaucoup de mal, beaucoup craindre et me taire,
Pleurer, crier merci, et m'en voir éconduit.

Si c'est aimer que de vivre en vous plus qu'en moi-même,
Cacher d'un front joyeux, une langueur extrême,
Sentir au fond de l'âme un combat inégal,
Chaud, froid, comme la fièvre amoureuse me traite :

Honteux, parlant à vous de confesser mon mal !
Si cela est aimer : furieux je vous aime :
Je vous aime et sait bien que mon mal est fatal :
Le cœur le dit assez, mais la langue est muette.

Pierre de Ronsard (1524-1585)
Sonnets pour Hélène

Tant que mes yeux pourront larmes espandre

Tant que mes yeux pourront larmes espandre,
À l'heur passé avec toi regretter ;
Et qu'aux sanglots et soupirs résister
Pourra ma voix, et un peu faire entendre ;

Tant que ma main pourra les cordes tendre
Du mignard luth, pour tes grâces chanter ;
Tant que l'esprit se voudra contenter
De ne vouloir rien fors que toi comprendre ;

Je ne souhaite encore point mourir.
Mais quand mes yeux je sentirai tarir,
Ma voix cassée et ma main impuissante,

Et mon esprit en ce mortel séjour
Ne pouvant plus montrer signe d'amante,
Prierai la Mort noircir mon plus clair jour !

Louise Labé (1524-1566)
Sonnets

Tu le sais bien, et ne le veux pas croire

Tu le sais bien, et ne le veux pas croire,
Tu l'entends bien, et ne le veux ouyr,
Je suis à toi, et tu n'en veux jouyr,
Il t'en souvient, et tu n'en as mémoire.

Je suis vaincu, tu ne veux la victoire,
Tu me poursuys et tu me veux fuyr
Rien qu'en mes pleurs tu ne veux t'esjouyr,
En recevant de mes maux une gloire.

Puis donc, hélas ! que mon plus grand tourment,
Puisque mon mal t'est un contentement,
Que ne fais-tu qu'entre tes bras je meure !

Et, si ton cœur a pitié de ma mort,
Que n'ay-je donc par lui quelque confort,
Au moins s'il veut que vivant je demeure ?

Jacques Tahureau (1527-1555)
Sonnets, odes et mignardises

Je trouve en vous toutes beautez, ma Dame

Je trouve en vous toutes beautez, ma Dame,
Beau front, beaux yeux de deux arcz couronnez,
Soubs deux rubis de lis environer,
Ces belles dens qui tenaillent mon Ame,

Le sein sans per, dont l'Archerot m'entame,
Dix doigtz marbrins de perles atournez,
Et mille œilletz avec l'aurore nez
Et vostre teint le motif de ma flame,

Cent mile filz de soye belle et riche,
Qui vostre chef dorent de main non chiche,
Et mille rais qui sortent de vos yeux.

Mile doux motz de nature immortelle,
Tous ces beaux poinctz vous portez en tous lieux.
Mais en mon cœur je vous porte plus belle.

Olivier DE MAGNY (1529-1561)
Les Amours

Toy qui oys mes souspirs, ne me sois rigoureux

Toy qui oys mes souspirs, ne me sois rigoureux,
Si mes larmes à part, toutes mienes, je verse,
Si mon amour ne suit en sa douleur diverse
Du Florentin transi les regretz langoureux,

Ny de Catulle aussi, le foulastre amoureux,
Qui le coeur de sa dame en chastouillant luy perce,
Ny le sçavant amour du mi-grégois Properce :
Ils n'ayment pas pour moy, je n'ayme pas pour eulx.

Qui pourra sur aultruy ses douleurs limiter,
Celuy pourra d'aultruy les plainctes imiter :
Chascun sent son tourment, et sçait ce qu'il endure.

Chascun parla d'amour ainsi qu'il l'entendit.
Je dis ce que mon coeur, ce que mon mal me dict.
Que celuy ayme peu, qui ayme à la mesure !

Étienne de La Boétie (1530-1563)
Vingt-neuf sonnets

J'ai couru tous ces bocages

J'ai couru tous ces bocages,
Ces prés, ces monts, ces rivages ;
Mais je n'ai trouvé pourtant
Celle que j'ai poursuivie ;
Hélas ! qui me l'a ravie
La nymphe que j'aime tant ?

Ah ! c'en est fait, c'est fait d'elle !
Un dieu, la voyant si belle,
Parmi ces bois l'écartant,
Épris d'amoureuse envie,
Au ciel me l'aura ravie
La nymphe que j'aime tant !

Adieu, forêts désolées,
Adieu, monts, adieu, vallées,
Adieu ! je vous vais quittant.
Puis-je plus rester en vie,
Puisque l'on me l'a ravie
La nymphe que j'aime tant !

Gilles Durand (1530-1615)
Chanson

Ô doux plaisir plein de doux pensement

Ô doux plaisir plein de doux pensement,
Quand la douceur de la douce meslée,
Étreint et joint, l'âme en l'âme mellée,
Le corps au corps accouplé doucement.

Ô douce mort ! ô doux trepassement !
Mon ame alors de grand'joye troublée,
De moy dans toy s'ecoulant a l'emblée,
Puis haut, puis bas, quiert son ravissement.

Quand nous ardentz, Méline, d'amour forte,
Moy d'estre en toy, toy d'en toy tout me prendre,
Par celle part, qui dans toy entre plus,

Tu la reçoys, moy restant masse morte :
Puis vient ta bouche en ma bouche la rendre,
Me ranimant tous mes membres perclus.

Jean-Antoine de Baïf (1532-1589)
Les Amours

Belle, la beauté s'enfuit

Belle, la beauté s'enfuit :
Cueillons ensemble le fruit
De la jeunesse gaillarde.
Pendant qu'en avons le temps,
Rendons nos désirs contens :
Besuté n'est un fruit de garde.

L'âge ennemi des esbas,
Tost le fait tomber bas,
Comme un vent la rose ouverte.
L'amour se paye en aimant :
Aimant donc pareillement,
Ne crains d'estre découverte.

Si du bruit tu prens esmoy,
Nul ne cèle mieux que moy
Toute amoureuse entreprise ;
Un secret chasseur je suis,
Quand j'ay ce que je poursuis,
Jamais je ne corne prise.

Jean Passerat (1534-1602)
Chanson

Je ressemble au chasseur

Je ressemble au chasseur qui voit la beauté nue
De la chaste Diane extrême en cruauté :
Car il fut par ses chiens en pièces emporté,
Et lui coûta bien cher une si belle vue.

Ah ! qu'un homme souvent sans y penser se tue,
Et que j'ai chèrement un plaisir acheté,
Puisqu'en cent mille parts me tranche ta beauté.
Qui jamais pour mon bien ne devait être vue.

Le penser, le désir, l'espérance et la peur
Sont les amoureux chiens qui m'assaillent le cœur,
Me déchirant les flancs d'une importune presse.

J'ai beau crier aux chiens : Hélas ! épargnez-moi ;
Votre maître je suis ! Pour leur réponse j'oi :
On ne voit qu'à tel prix une grande déesse.

Amadis Jamyn (1538-1592)
Artémis

Il n'est rien si puissant que l'Amour et la Mort

Il n'est rien si puissant que l'Amour et la Mort,
La Mort destruit les corps, l'Amour destruit les âmes,
Mais encore l'Amour me semble le plus fort :
Car la Vie et la Mort reposent sous ses flames.

Amour, comme il lui plaist, nous fait vivre et mourir ;
Ses rigueurs font mourir, ses douceurs font revivre :
La Mort, ayant blessé, ne nous peut plus guarir,
Et l'Amour, pour mourir, l'Amour ne se délivre.

Jusques dans les enfers, Amour nous va suivant,
La Mort, tout seulement, nous suit jusqu'à la tombe,
Au pouvoir de l'Amour l'on retombe souvent,
Au pouvoir de la Mort jamais on ne retombe.

La Mort, dont le pouvoir s'amortist dans les cieux.
Contre des cœurs de terre exerce sa puissance :
L'Amour va triomphant des hommes et des dieux,
Et prend force du Ciel dont il prend sa naissance.

Le malheur de la Mort, fin de tous nos malheurs,
Noye au fleuve d'oubly nos pénibles pensées :
L'Amour, commencement de toutes nos douleurs,
Nourrit le souvenir de nos peines passées.

Si la Mort, nous ayant au tombeau renfermez,
D'un bandeau ténébreux nous sille les paupières,
L'Amour, aveugle enfant, nous tient si bien charmez,
Qu'il prive la raison de toutes ses lumières.

Amour, fils de Vénus, Mort, fille du Destin,
Seules divinités que mon âme révère,
Hélas ! je vous invoque et réclame sans fin ;
Mais l'une m'est trop douce el l'autre trop amère.

Estienne Tabourot (1547-1590)
Les Bigarrures

Nous ferons, ma Diane, un jardin fructueux

Nous ferons, ma Diane, un jardin fructueux :
J'en serai laboureur, vous dame et gardienne.
Vous donnerez le champ, je fournirai de peine,
Afin que son honneur soit commun à nous deux.

Les fleurs dont ce parterre éjouira nos yeux
Seront vers florissants, leurs sujets sont la graine,
Mes yeux l'arroseront et seront sa fontaine
Il aura pour zéphyrs mes soupirs amoureux.

Vous y verrez mêlés mille beautés écloses,
Soucis, œillets et lys, sans épines les roses,
Ancolie et pensée, et pourrez y choisir

Fruits sucrés de durée, après des fleurs d'attente,
Et puis nous partirons à votre choix la rente :
À moi toute la peine, et à vous le plaisir.

Théodore Agrippa d'Aubigné (1552-1630)
Hécatombe à Diane

Beauté, mon cher souci...

Beauté, mon cher souci, de qui l'âme incertaine
A, comme l'Océan, son flux et son reflux,
Pensez de vous résoudre à soulager ma peine,
Ou je me résoudrai à ne la souffrir plus.

Vos yeux ont des appas que j'aime et que je prise,
Et qui peuvent beaucoup dessus ma liberté,
Mais pour me retenir, s'ils font cas de ma prise,
Il leur faut de l'amour autant que de beauté.

Quand je pense être au point que cela s'accomplisse,
Quelque excuse toujours en empêche l'effet ;
C'est la toile sans fin de la femme d'Ulysse,
Dont l'ouvrage du soir au matin se défait.

Madame, avisez-y, vous perdez votre gloire
De me l'avoir promis et vous rire de moi.
S'il ne vous en souvient, vous manquez de mémoire ;
Ou s'il vous en souvient, vous n'avez point de foi.

J'avais toujours fait compte, aimant chose si haute,
De ne m'en séparer qu'avec le trépas ;
S'il arrive autrement, ce sera votre faute,
De faire des serments et ne les tenir pas.

François de Malherbe (1555-1628)
Poésies

Croîs vitement, ô mon petit bocage

Croîs vitement, ô mon petit bocage,
Sans avoir peur que la foudre des cieux,
Ni que des vents le souffle audacieux,
Te puisse nuire ou te faire dommage.

Croîs vitement, afin que ton ombrage,
Tous les étés, nous soit délicieux,
Garantissant du chaud malicieux
De l'avant-chien, notre tendre visage.

Non, pour cela, bocage ne croîs point ;
Mais pour l'amour de celle qui me point
Si doucement de sa grâce estimée.

Elle m'a dit et promis dès longtemps,
Qu'elle viendrait au retour du printemps
Prendre le frais sous ta verte ramée.

Guy de Tours (1562-1611)
Soupirs amoureux

Sonnet d'Hylas

Quand je vois un amant transi
Qui languit d'une amour extrême,
L'œil triste, et le visage blême,
Portant cent plis sur le sourcil ;
Quand je le vois plein de soucis,
Qui meurt d'Amour sans que l'on aime,
Je dis aussitôt en moi-même :
« C'est un grand sot d'aimer ainsi. »
Il faut aimer, mais que la belle
Brûle pour qui brûle pour elle,
Ou bien c'est pure lâcheté.
L'Amour de l'Amour est extraite ;
La charge n'est jamais bien faite,
Qui penche toute d'un côté.

Honoré d'Urfé (1567-1625)
L'Astrée

L'Amour piqué par une abeille

Le tendre Amour cueillant un jour des fleurs,
Fut, par hasard, piqué par une abeille
Cachée au fond d'une rose vermeille ;
Au même instant il s'en va tout en pleurs
Dire à Vénus : Ma mère, je me rueurs ;
Je suis piqué d'une vipère ailée,
Qui, dans ces lieux abeille est appelée :
Je n'en puis plus, je me meurs, je me meurs.
Si d'une abeille, ô mon fils, la piqûre,
Répond Vénus, vous fait tant de douleur,
Quelle douleur croyez-vous donc qu'endure
Un malheureux dont vous percez le cœur ?

Mathurin Régnier (1573-1613)

Désespoir amoureux

Éloigné de vos yeux où j'ai laissé mon âme,
Je n'ai de sentiment que celui du malheur,
Et sans un peu d'espoir, qui luit parmi ma flamme,
Mon trépas eût été ma dernière douleur.

Plût au Ciel qu'aujourd'hui la terre eût quitté l'onde,
Que les rais du soleil fussent absents des cieux,
Que tous les éléments eussent quitté le monde,
Et que je n'eusse pas abandonné vos yeux !

Un arbre que le vent emporte à ses racines,
Une ville qui voit démolir son rempart,
Le faîte d'une tour qui tombe en ses ruines,
N'ont rien de comparable à ce sanglant départ.

Depuis, votre Damon ne sert plus que de nombre,
Mes sens de ma douleur s'en vont déjà ravis ;
Je ne suis plus vivant, et passerais pour ombre
Sinon que mes soupirs découvrent que je vis.

Mon âme est dans les fers, mon sang est dans la flamme,
Jamais malheur ne fut à mon malheur égal ;
J'ai des vautours au sein, j'ai des serpents dans l'âme,
Et vos traits qui me font encore plus de mal.

Errant depuis deux mois de province en province,
Je traîne avecque moi la fortune et l'amour ;
L'une oblige mes pas à courtiser mon Prince,
L'autre oblige mes sens à vous faire la cour.

Des plus rares beautés en ce fâcheux voyage,
Où jadis pour aimer les dieux fussent allés,
M'ont assez prodigué les traits de leur visage ;
Mais ce n'était qu'horreur à mes yeux désolés.

Partout où loin de toi la Fortune me traîne,
Je jure par tes yeux que tout mon entretien
N'est que d'entretenir ma vagabonde peine,
Et qu'il me souvient moins de mon nom que du tien.

En ma condition d'où mille soins ne partent,
L'entendement me laisse et tout conseil me fuit ;
Tous autres pensements de mon âme s'écartent,
Au souvenir du tien qui sans cesse me suit.

Que ta fidélité se forme à mon exemple !
Fuis comme moi la presse, hais comme moi la Cour ;
Ne fréquente jamais bal, promenoir, ni temple,
Et que nos déités ne soient rien que l'Amour.

Tout seul dedans ma chambre où j'ai fait ton église,
Ton image est mon Dieu, mes passions, ma foi ;
Si pour me divertir Amour veut que je lise,
Ce sont vers que lui-même a composés pour moi.

Dans le trouble importun des soucis de la guerre
Chacun me voit chagrin : car il semble, à me voir,
Que je fais des projets pour conquérir la terre,
Et mes hauts desseins ne sont que de t'avoir.

Théophile DE VIAU (1590-1626)
Élégie

Je ne t'impute point l'amour...

Je ne t'impute point l'amour que je te porte,
D'un objet tout divin mes sens y sont forcez,
Et sais ce que tu vaux, Phyllis, et c'est assez,
Et je sais ce que c'est d'un Amant de ma sorte.

N'appréhende donc point qu'un vain désir m'emporte,
Ni que je veuille voir mes maux récompensés ;
Je ne demande rien pour ceux qui sont passés,
Je ne demande rien pour ceux que je supporte.

Non, je n'approuve point ces superbes esprits
Oui pensent captiver l'objet qui les a pris,
J'entends qu'absolument, ton cœur du mien dispose,

Phyllis, sans nul espoir je me veux consumer,
Car je t'estime tant, et moi, si peu de chose,
Que je t'aimerais moins si tu pouvais m'aimer.

Charles de Vion d'Alibray (1590-1652)
Vers amoureux

Quand on ne cherche qu'à se plaire...

Quand d'un esprit doux et discret
Toujours l'un à l'autre on défère,
Quand on se cherche sans affaire
Et qu'ensemble on n'est pas distrait ;

Quand on n'eut jamais de secret
Dont on se soit fait un mystère,
Quand on ne cherche qu'à se plaire,
Quand on se quitte avec regret ;

Quand, prenant plaisir à s'écrire,
On dit plus qu'on ne pense dire,
Et souvent moins qu'on ne voudroit

Qu'appelez-vous cela, la belle ?
Entre nous deux cela s'appelle
S'aimer bien plus que l'on ne croit.

Denis Sanguin de Saint-Pavin (1595-1670)
Sonnets

À Philis

Et la mer et l'amour ont l'amer pour partage,
Et la mer est amère et l'amour est amer,
L'on s'abîme en amour aussi bien qu'en la mer,
Car la mer et l'amour ne sont point sans orage.

Celui qui craint les eaux, qu'il demeure au rivage,
Celui qui craint les maux qu'on souffre pour aimer,
Qu'il ne se laisse pas à l'amour enflammer,
Et tous deux ils seront sans hasard de naufrage.

La mère de l'amour eut la mer pour berceau,
Le feu sort de l'amour, sa mère sort de l'eau,
Mais l'eau contre ce feu ne peut fournir des armes.

Si l'eau pouvait éteindre un brasier amoureux,
Ton amour qui me brûle est si fort douloureux,
Que j'eusse éteint son feu de la mer de mes larmes.

Pierre de Marbeuf (1596-1645)
Recueil de vers

Sous un habit de fleurs...

Sous un habit de fleurs, la Nymphe que j'adore,
L'autre soir apparut si brillante en ces lieux,
Qu'à l'éclat de son teint et celui de ses yeux,
Tout le monde la prit pour la naissante Aurore.

La Terre, en la voyant, fit mille fleurs éclore,
L'air fut partout rempli de chants mélodieux,
Et les feux de la nuit pâlirent dans les Cieux,
Et crurent que le jour recommençait encore.

Le Soleil qui tombait dans le sein de Thétis,
Rallumant tout à coup ses rayons amortis,
Fit tourner ses chevaux pour aller après elle.

Et l'Empire des flots ne l'eût su retenir ;
Mais la regardant mieux, et la voyant si belle,
Il se cacha sous l'onde et n'osa revenir.

Vincent Voiture (1597-1648)
Sonnets

L'extase d'un baiser

Au point que j'expirais, tu m'as rendu le jour
Baiser, dont jusqu'au cœur le sentiment me touche,
Enfant délicieux de la plus belle bouche
Qui jamais prononça les Oracles d'Amour.

Mais tout mon sang s'altère, une brûlante fièvre
Me ravit la couleur et m'ôte la raison ;
Cieux ! j'ai pris à la fois sur cette belle lèvre
D'un céleste Nectar et d'un mortel poison.

Ah ! mon Âme s'envole en ce transport de joie !
Ce gage de salut, dans la tombe m'envoie ;
C'est fait ! je n'en puis plus, Élise je me meurs.

Ce baiser est un sceau par qui ma vie est close :
Et comme on peut trouver un serpent sous des fleurs,
J'ai rencontré ma mort sur un bouton de rose.

François Tristan L'Hermite (1601-1655)
Les Vers héroïques

La beauté que je sers...

La beauté que je sers, et qui m'est si cruelle,
Se peut bien appeler un miracle des cieux,
C'est la peine du cœur, c'est le plaisir des yeux,
Et le divin objet d'une flamme immortelle.

La mère des amours ne fut jamais si belle,
Ses regards sont partout des vainqueurs glorieux ;
Et sa bouche qui forme un parler gracieux,
A l'éclat et l'odeur d'une rose nouvelle.

Un excès de beauté me force à l'adorer ;
Un excès de rigueur me défend d'espérer,
Sa beauté veut mon cœur, sa rigueur veut ma vie.

Ainsi le seul trépas a droit de me guérir,
Et je ne puis jamais, ayant connu Sylvie,
Ni la voir sans l'aimer, ni ne l'aimer sans mourir.

Jean-François Sarasin (1604-1654)
Sonnets

Je pense à vous...

Je pense à vous voir tant d'attraits,
Qu'Amour vous a formée exprès
Pour faire que sa fête on chôme,
Car vous en avez une somme
Bien dangereuse à voir de près.
Vous êtes belle plus que très,
Et vous avez le teint si frais,
Qu'il n'est rien d'égal (au moins comme
Je pense) à vous.
Vos yeux, par des ressorts secrets,
Tenaient mille cœurs dans vos rets ;
Qui s'en défend est habile homme
Pour moi qu'un si beau feu consomme,
Nuit et jour percé de vos traits
Je pense à vous.

Pierre Corneille (1606-1684)
Poésies diverses

Beauté qui triomphez de moi

Beauté qui triomphez de moi,
Vous rêvez à je ne sais quoi,
Sans qu'on puisse juger quel chagrin est le vôtre ?
D'où viennent ces noirceurs dessus un front si doux ?
Est-ce que je suis près de vous
Ou que vous êtes loin d'un autre ?

Oui, ma présence vous déplaît,
Et mon sort, tout affreux qu'il est,
N'a rien qui vous surprenne et rien qui vous étonne ;
Vous ne prenez pas garde aux ennuis que je sens,
Et vous ne rêvez qu'aux absents
Ou vous ne rêvez à personne.

Peut-être, en vous parlant d'un feu
Dont l'ardeur vous touche si peu,
Je vous ai ramené quelque image effacée ;
Et, par mon innocent et funeste entretien,
Un autre tourment que le mien
Vous est tombé dans la pensée.

Peut-être, quand mon œil ardent
Vous contemplait en imprudent,
Ce qu'en dépit de moi trop souvent il hasarde,
Vous disiez en vous-même et mon cœur l'entendait :
« Hélas ! l'autre me regardait
Comme celui-ci me regarde ! »

S'il est ainsi, j'aime bien mieux
Ne dire mot, baisser les yeux,
Et prendre une froideur qui soit comme la vôtre,
Que de vous mettre au point où vous étiez tantôt.
Hélas ! oubliez-moi, plutôt
Que de vous souvenir d'un autre.

Isaac DE BENSERADE (1612-1691)
Stances

J'AVAIS LA RAGE DANS LE CŒUR...

Que j'étais peu sincère hier ! j'affectais l'indifférence et j'avais la rage dans le cœur. Ingrat, combien ne devriez-vous pas vous reprocher de m'avoir causé la moindre inquiétude pour un pareil objet ! Non, je ne vous ai jamais cru amoureux de la Champmeslé ; j'ai pris votre coquetterie pour un goût de passage ; votre discernement me rassurait : mais comment ne pas être piquée du choix que vous aviez fait pour me donner de l'inquiétude ? C'était une femme charmante qu'il fallait choisir ; du moins, dans votre injustice, j'aurais vu le cas que vous faisiez de moi ; mais me donner pour rivale la Champmeslé ! Rien de plus offensant pour une amante dont la possession doit vous paraître d'un autre prix que celle d'une catin. Cependant je me crois pour toujours à l'abri des fureurs de la jalousie. Vous êtes persuadé, j'en suis sûre, qu'il n'y a pas au monde une femme capable de vous aimer comme je vous aime, ni de connaître tout ce que vous valez. Une autre sentirait-elle comme moi ce qu'il va d'expressif dans vos yeux, de fin dans vos pensées, de tendre dans vos sentiments ? Ah ! convenez que si nos âmes ne s'étaient pas rencontrées, elles se seraient continuellement cherchées. Au milieu de la félicité même, s'il eût été possible qu'elles en eussent goûté, il leur aurait toujours manqué quelque chose. Cet accord, cette sympathie, cette confiance qui nous unissent, auraient-elles pu les trouver ailleurs ?... Que je détestais de bon cœur le maître de la maison qui nous donnait à dîner ! Comme je haïssais tous ceux qui avaient lié la partie : monsieur Racine lui-même n'était pas excepté : c'était à lui que nous devions la présence du bel objet de vos adorations. Combien de fois me suis-je rappelé la répugnance que je sentais à vous accompagner, comme un présage du malheur qui me menaçait ! Quels reproches ne me faisais-je pas à moi-même de n'avoir point assez de charmes pour empêcher vos coquetteries ! Cependant, je l'avoue à ma honte, ma haine pour tout ce monde-là semblait augmenter mon amour pour vous. Dans le moment où vous parliez avec le plus d'empressement à ma rivale, à quoi étais-je occupée ? À faire remarquer au Comte combien vous aviez l'air séduisant ; je justifiais le goût qu'elle prenait pour vous, en faisant valoir votre air noble et enchanteur, ce ton plein de douceur, ces gestes formés par les Grâces, ces reparties vives et saillantes, si capables d'inspirer la gaieté et de faire naître l'envie de vous plaire. Mais je ne puis me retracer ces images sans émotion, et cette émotion m'avertit que mes sentiments pour vous sont toujours les mêmes.

Ninon DE LENCLOS (1620-1705)
Lettre au Marquis de Sévigné

Éloge de l'amour

Tout l'Univers obéit à l'Amour ;
Belle Psyché, soumettez-lui votre âme.
Les autres dieux à ce dieu font la cour,
Et leur pouvoir est moins doux que sa flamme.
Des jeunes cœurs c'est le suprême bien
Aimez, aimez ; tout le reste n'est rien.

Sans cet Amour, tant d'objets ravissants,
Lambris dorés, bois, jardins, et fontaines,
N'ont point d'appâts qui ne soient languissants,
Et leurs plaisirs sont moins doux que ses peines.
Des jeunes cœurs c'est le suprême bien
Aimez, aimez ; tout le reste n'est rien.

Jean de La Fontaine (1621-1695)
Les Amours de Psyché et de Cupidon

À Uranie

Je vous adore, ô ma chère Uranie !
Pourquoi si tard m'avez-vous enflammé ?
Qu'ai-je donc fait des beaux jours de ma vie ?
Ils sont perdus ; je n'avais point aimé.
J'avais cherché dans l'erreur du bel âge
Ce dieu d'amour, ce dieu de mes désirs ;
Je n'en trouvai qu'une trompeuse image
Je n'embrassai que l'ombre des plaisirs.
Non, les baisers des plus tendres maîtresses ;
Non, ces moments comptés par cent caresses,
Moments si doux et si voluptueux,
Ne valent pas un regard de tes yeux.
Je n'ai vécu que du jour où ton âme
M'a pénétré de sa divine flamme ;
Que de ce jour où, livré tout à toi,
Le monde entier a disparu pour moi.
Ah ! quel bonheur de te voir, de t'entendre !
Que ton esprit a de force et d'appas !
Dieux ! que ton cœur est adorable et tendre !
Et quels plaisirs je goûte dans tes bras !
Trop fortuné, j'aime ce que j'admire.
Du haut du ciel, du haut de ton empire,
Vers ton amant tu descends chaque jour,
Pour l'enivrer de bonheur et d'amour.
Belle Uranie, autrefois la Sagesse

En son chemin rencontra le Plaisir ;
Elle lui plut ; il en osa jouir ;
De leurs amours naquit une déesse,
Qui de sa mère a le discernement,
Et de son père a le tendre enjouement.
Cette déesse, ô ciel ! qui peut-elle être
Vous, Uranie, idole de mon cœur,
Vous que les dieux pour la gloire ont fait naître,
Vous qui vivez pour faire mon bonheur.

VOLTAIRE (1694-1778)
Épîtres

L'art à l'Amour est favorable

L'art à l'Amour est favorable,
Et sans art l'Amour sait charmer :
À la ville, on est plus aimable ;
Au village, on sait mieux aimer.
Ah ! pour l'ordinaire,
L'Amour ne sait guère
Ce qu'il permet, ce qu'il défend :
C'est un enfant ! c'est un enfant !

Ici, de la simple nature
L'Amour suit la naïveté ;
En d'autres lieux, de la parure
Il cherche l'éclat emprunté.
Ah ! pour l'ordinaire, etc.

Souvent une flamme chérie
Est celle d'un cœur ingénu ;
Souvent par la coquetterie
Un cœur volage est retenu.
Ah ! pour l'ordinaire, etc.

À voltiger de belle en belle
Souvent on perd l'heureux instant
Souvent un berger trop fidèle
Est moins aimé qu'un inconstant.
Ah ! pour l'ordinaire, etc.

L'Amour, suivant sa fantaisie,
Ordonne et dispose de nous :
Ce dieu permet la jalousie,
Et ce dieu punit les jaloux.
Ah ! pour l'ordinaire, etc.

À son caprice on est en butte ;
Il veut les ris, il veut les pleurs ;
Par les rigueurs on le rebute ;
On l'affaiblit par les faveurs.
Ah ! pour l'ordinaire,
L'Amour ne sait guère
Ce qu'il permet, ce qu'il défend
C'est un enfant ! c'est un enfant !

Jean-Jacques Rousseau (1712-1778)
Le Devin du village

Vous comptez beaucoup pour moi

Je ne saurais m'en aller d'ici, sans vous dire un petit mot. Hé bien ! mon amie, vous comptez donc beaucoup sur moi ! Votre bonheur, votre vie sont donc liés à la durée de ma tendresse ! Ne craignez rien, ma Sophie, elle durera et vous serez heureuse. Je n'ai point encore commis le crime, et je ne commencerai pas encore à le commettre ; je suis tout pour vous, vous êtes tout pour moi. Nous supporterons ensemble les peines qu'il plaira au sort de nous envoyer ; vous allégerez les miennes, j'allégerai les vôtres. Puissé-je vous voir toujours telle que vous êtes depuis quelques mois ! Pour moi, vous serez forcée de convenir que je suis comme au premier jour : ce n'est pas un mérite que j'ai : c'est une justice que je vous rends. L'effet des qualités réelles, c'est de se faire sentir plus vivement de jour en jour. Reposez-vous de ma constance sur les vôtres et sur le discernement que j'en ai. Jamais passion ne fut plus justifiée par la raison que la mienne. N'est-il pas vrai, ma Sophie, que vous êtes aimable ? Regardez au dedans de vous-même ; voyez-vous combien je vous aime. C'est là qu'est la mesure invariable de mes sentiments.

Bonsoir, ma Sophie, je m'en vais plein de joie, la plus douce, la plus pure qu'un homme puisse ressentir. Je suis aimé et je le suis de la plus digne des femmes.

Denis DIDEROT (1713-1784)
Lettre à Sophie Volland, juillet 1757

AH ! SI TU ÉTAIS LÀ !

Je me suis levée bien matin aujourd'hui pour jouir de ma liberté. Tout le monde est parti pour Cantorbéry ; j'étais seule, maîtresse absolue de ma maison. Vous auriez ri de me voir. C'est pour le coup que Miss Betzi pouvait dire que j'avais l'air d'une princesse de roman. Votre portrait était sur ma table ; vos lettres toutes éparses dans mon sein, sur mes genoux ; le tiroir renversé, le portefeuille ouvert ; je contemplais toutes mes richesses. Je bénissais l'inventeur d'un art qui l'emporte sur tous les autres, non parce qu'il nous transmet les actions des héros, l'histoire du monde, les causes de tout, qu'il satisfait le désir insatiable d'apprendre et la vaine curiosité des hommes ; mais parce qu'il me fait lire dans ton cœur malgré la distance qui nous sépare. Que l'amour doit à cette heureuse découverte ! Quel trésor pour lui que ces lettres, soulagement d'un cœur, et délice de l'autre ! L'on se plaît à les écrire ; et l'on jouit du plaisir que l'on sent, et de celui qu'on croit procurer à un autre. J'abuse souvent peut-être de l'idée que vous m'avez donnée, que vous n'aviez point d'autre amusement que mes lettres. J'écris mal, je ne saurais rêver à ce que je veux dire, ma plume court, elle suit ma fantaisie, mon style est tendre quelquefois ; il est tantôt badin, tantôt grave, triste même, souvent ennuyeux, toujours vrai : mais mon cher Alfred est indulgent, il dit que j'écris bien : ah ! très bien sans doute si je lui plais ! Je n'ose penser bien fort que je te reverrai : c'est une émotion si vive quand j'y pense ! Oh ! je perds la tête ; en vérité, je la perds ! Quoi ! tu seras là, mes yeux en se levant rencontreront les tiens, je ne ferai pas un seul mouvement qui ne t'intéresse ; j'entendrai cette voix douce, harmonieuse, me dire : Que veux-tu ?... Que désires-tu ? Mon cher Alfred, si tu savais, je ne puis plus écrire, mon cœur agité, pressé... Ah ! reviens, reviens donc ! Mon Dieu, que vous êtes aimé ! S'il est un sentiment plus fort que l'amour, que ce que le vulgaire appelle amour, je le sens pour toi. Aimer, adorer, faibles expressions qui ne rendent point les transports d'une passion si tendre. Ah ! si tu étais là ! si tu y étais, mon cher Alfred, mon cher, mon adorable amant ! je crois... oui, je crois que je trouverais un moyen de te convaincre que jamais on n'aime plus ardemment que moi !

Madame Riccoboni (1714-1792)
Lettre à Monsieur de Maillebois

Quand savourerai-je encore tes délices ?

Toi-même me l'as dit, chère amie, nous vivons pour aimer et pour jouir. Hélas ! tu ne vois que trop qu'on ne peut jamais s'assurer de l'avenir et qu'il est bien cruel de lui sacrifier le bonheur, du moment qu'on le possède. Cruelle amante, combien tu m'en as ravi ! Ah ! n'eussé-je pas été trop heureux si j'eusse exhalé mon dernier soupir au milieu des transports brûlants de la volupté ! Que ne puis-je recevoir la mort à ce prix ! Ô douce volupté du cœur et des sens ! Quand savourerai-je encore tes délices ? Ô charmants baisers dont je me suis tant de fois enivré ! Transports de nos âmes errantes sur nos lèvres, vous retrouverai-je jamais ! Sophie, quand dévorerai-je tous tes charmes ? Quand tes yeux couronnés de deux sourcils arqués par l'amour me répéteront-ils que tu m'adores ? Me jureront-ils que tu me fus toujours constante ?

Ah ! pourquoi me tourmenter ainsi par de brûlants souvenirs ? Hélas, mon âme follement éperdue s'élance près de toi. Ouvre ta gorge, cache tes appas, laisse-moi Sophie... laisse-moi ! Je languis, je péris d'amour ! Et tu ne peux mourir avec moi !

Je quitte la plume que je ne puis plus tenir, ô mon amie ! Tu vois que ton Gabriel est toujours le même, que ton image est empreinte en traits de feu, dans son âme ! Puisses-tu partager son délire en voyant l'expression fidèle de son amour ! Puisses-tu plutôt le regretter que le plaindre, et ne point oublier que s'il te retrouve fidèle et sensible...

MIRABEAU (1749-1791)
Lettre à Sophie de Monnier, 16 juillet 1777

À Eucharis

Que me sert aujourd'hui dans des nuits plus heureuses
D'avoir su te former aux combats de Vénus ?
Que me sert, en pressant tes lèvres amoureuses,
De t'avoir révélé des secrets inconnus ?
Je suis victime, hélas ! de ma propre science :
Moi-même, à me trahir, j'instruisis ta beauté.
Que je dois regretter ton aimable ignorance,
Ta craintive pudeur, et ta simplicité !
Quand ton cœur autrefois couronna ma tendresse.
Tes mains savaient à peine agiter des verrous.
Je t'appris, le premier, par quelle heureuse adresse,
On peut, en les tournant, échapper aux jaloux :
Je t'appris l'art, si cher à la jeune maîtresse,
D'écarter de son lit un odieux époux.
Malheureux ! en un mot, je t'appris comme on aime !
Ton orgueil s'enrichit de mes rares secrets.
Du suc brillant des fleurs j'embellis tes attraits,
Et remis dans tes mains le fard de Vénus même.
Nulle amante bientôt ne sut mieux effacer
Le bleuâtre sillon que sur un cou d'albâtre,
Imprime de ses dents un amant idolâtre,
Et ces doux souvenirs qu'on se plaît à tracer.
Quel prix de tant de soins a donc reçu ton maître ?

Un autre impunément jouit de mes leçons.
Le laboureur du moins recueille ses moissons,
Et goûte en paix les fruits que ses mains ont fait naître.
Un autre, un autre... Ô ciel ! conçois-tu mes soupçons ?
Conçois-tu les fureurs de mon âme offensée ?
Oui, je te vois, ingrate ! et ma triste pensée
Se figure déjà de combien de façons
Le barbare te tient, sans pudeur, embrassée.
Peux-tu me préférer ce rival orgueilleux,
Vil suivant de Plutus que l'intérêt dévore,
Et dont l'instinct grossier préfère à tes beaux yeux
Ces trésors criminels qu'aux bornes de l'aurore
A cachés vainement la prudence des dieux ?
Oses-tu bien presser de tes mains caressantes
Ce cœur inexorable aux travaux endurci,
Qui trois ou quatre fois, sous un ciel obscurci,
N'a pas craint d'affronter les deux mers frémissantes,
Et des chiens de Scylla les clameurs gémissantes,
Et ces gouffres profonds tournoyants sous ses pas ?
Penses-tu qu'amoureux de son doux esclavage,
Désormais il renonce à quitter le rivage ?
On dit que l'inhumain, méprisant tes appas,
Déjà prêt à partir sur la foi d'une étoile,
Redemande des vents, fait déployer la voile,
Et de ton lit oiseux veut courir au trépas.
Que je plains ta douleur, amante infortunée !
Combien tu pleureras ton fol égarement !
Malgré ton crime, hélas ! de plaisirs couronnée.

Puisses-tu ne jamais connaître le tourment
D'aimer comme je t'aime, et d'être abandonnée !

Antoine de Bertin (1752-1790)
Les Amours

Je vais la voir...

Je vais la voir, la presser dans mes bras.
Mon cœur ému palpite avec vitesse ;
Des voluptés je sens déjà l'ivresse ;
Et le désir précipite mes pas.

Sachons pourtant, près de celle que j'aime,
Donner un frein aux transports du désir ;
Sa folle ardeur abrège le plaisir,
Et trop d'amour peut nuire à l'amour même.

Évariste de Parny (1753-1814)
Poésies érotiques

AH ! QU'ELLE EST BIEN À TOI, MA VIE !

Ton souhait est le mien. Oui, oui, aimons-nous, estimons-nous : c'est le bonheur suprême ! Oh ! doux souhaits de deux vrais amants, oui, vous serez exaucés ! Tendre bien-aimé, qu'il m'est doux de te rendre heureux ! Qu'ils sont chers à mon cœur ces moments que l'amour te procure ! S'il dépendait de moi !... Oui, sans doute, je te renouvellerais souvent ces scènes charmantes où mon âme peut s'exhaler et rejoindre la tienne !... Doux ami, cœur vraiment fait pour le mien, ah ! combien de désirs je suis forcée de réprimer ! Combien il faut avoir de raison pour ne pas céder à l'attrait du bonheur qui semble se présenter si naturellement ! Il le faut, pourtant, il le faut... Ah ! Dieu, comme je me vengerai de ces moments de contrainte, avec quel empressement, quelle chaleur, quelle dévotion amoureuse ne chercherai-je pas à réparer ce temps perdu ! Ah ! cher, cher voyage, arrive donc que je puisse prouver à mon bien-aimé que si mon amour ne surpasse le sien, il l'égale du moins. Adieu, l'âme de ma vie ! Ah ! qu'elle est bien à toi, ma vie ! Au même endroit, du même vase, quand boirons-nous à la même eau ! quelle source !

Marie-Élisabeth JOLY (1761-1798)
Lettre à Fabre d'Églantine

S'ils n'ont point le bonheur...

S'ils n'ont point le bonheur, en est-il sur la terre !
Quel mortel, inhabile à la félicité,
Regrettera jamais sa triste liberté,
Si jamais des amants il a connu les chaînes ?
Leurs plaisirs sont bien doux et douces sont leurs peines.
S'ils n'ont point ces trésors que l'on nomme des biens,
Ils ont les soins touchants, les secrets entretiens ;
Des regards, des soupirs la voix tendre et divine,
Et des mots caressants la mollesse enfantine.
Auprès d'eux tout est beau, tout pour eux s'attendrit.
Le ciel rit à la terre, et la terre fleurit.
Aréthuse serpente et plus pure et plus belle ;
Une douleur plus tendre anime Philomèle.
Flore embaume les airs ; ils n'ont que de beaux cieux.
Aux plus arides bords Tempé rit à leurs yeux.
À leurs yeux tout est pur comme leur âme est pure ;
Leur asile est plus beau que toute la nature.
La grotte, favorable à leurs embrassements,
D'âge en âge est un temple honoré des amants.
Ô ! rives du Pénée, antres, vallons, prairies,
Lieux qu'amour a peuplés d'antiques rêveries ;
Vous bosquets d'Anio, vous ombrages fleuris,
Dont l'épaisseur fut chère aux nymphes du Lyris ;

Toi surtout, ô Vaucluse, ô retraite charmante !
Ô ! que j'aille y languir aux bras de mon amante ;
De baisers, de rameaux, de guirlandes lié,
Oubliant tout le monde, et du monde oublié.
Ah ! que ceux qui, plaignant l'amoureuse souffrance,
N'ont connu qu'une oisive et morne indifférence,
En bonheur, en plaisir pensent m'avoir vaincu :
Ils n'ont fait qu'exister, l'amant seul a vécu.

André CHÉNIER (1762-1794)
Élégies

À UNE BOUDEUSE

Un jour entier peut-on bouder !
Cela passerait raillerie.
Si j'ai cherché la brouillerie,
C'était pour le plaisir de nous raccommoder.

Pour notre utilité commune,
Déride ce front soucieux :
L'air fou du plaisir te sied mieux
Que l'œil sournois de la rancune.

Mon désespoir te touchera,
Si mon repentir ne te touche.
Pour gronder ose ouvrir la bouche,
Un baiser te la fermera.

L'amour a voulu nous instruire ;
Mettons à profit la leçon :
Raccommodons-nous tout de bon
Après avoir boudé pour rire.

Antoine-Vincent ARNAULT (1766-1834)
Poésies mêlées

Aimer, c'est souffrir

Demain soir, demain soir ? Qu'est-ce que c'est que ce soir-là ? Il commencera pour moi à 5 heures du matin. Demain c'est aujourd'hui. Grâce à Dieu, hier est passé. Je serai donc à votre porte à 9 heures, on me dira que vous n'y êtes pas. J'y serai entre 10 et 11, me dira-t-on encore que vous n'y êtes pas ?

Je souffre d'avance de ce que je souffrirai.

Je parie que vous ne me croyez pas. C'est que vous ne me connaissez point. Il y a en moi un point mystérieux. Tant qu'il n'est pas atteint, mon âme est immobile. Si on le touche, tout est décidé. Il est peut-être encore temps. Je ne pense qu'à vous, mais je puis peut-être encore me combattre. Je n'ai rien vu que vous depuis ces deux jours. Tout le passé, tout votre charme que j'ai toujours craint est entré dans mon cœur. Il est de fait que j'ai peine à respirer en vous écrivant. Prenez-y garde, vous pouvez me rendre trop malheureux pour n'en être pas malheureuse : je n'ai jamais qu'une pensée. Vous l'avez voulu ; cette pensée, c'est vous. Politique, société, tout a disparu. Je vous parais fou peut-être, mais je vois votre regard, je me répète vos paroles, je vois cet air de pensionnaire qui unit tant de grâce à tant de finesse. J'ai raison d'être fou. Je serais fou de ne l'être pas. À ce soir donc. Mon Dieu ! si vous n'êtes pas la plus indifférente des femmes, combien vous me ferez souffrir dans ma vie ? Aimer, c'est souffrir. Mais aussi c'est vivre, et depuis si longtemps je ne vivais plus ! Peut-être n'ai-je jamais vécu d'une telle vie. Encore une fois, à ce soir.

Benjamin CONSTANT (1767-1830)
Lettre à Madame Récamier, 3 septembre 1814

As-tu cessé de m'aimer ?

Je n'ai pas passé un jour sans t'aimer, je n'ai pas passé une nuit sans te serrer dans mes bras ; je n'ai pas pris une tasse de thé sans maudire la gloire et l'ambition qui me tiennent éloigné de l'âme de ma vie. Au milieu des affaires, à la tête des troupes, en parcourant les camps, mon adorable Joséphine est seule dans mon cœur, occupe mon esprit, absorbe ma pensée. Si je m'éloigne de toi avec la vitesse du torrent du Rhône, c'est pour te revoir plus vite. Si au milieu de la nuit je me lève pour travailler, c'est que cela peut avancer de quelques jours l'arrivée de ma douce amie et cependant dans ta lettre du 23 au 26 ventôse, tu me traites de vous. Vous toi-même ! Ah ! mauvaise, comment as-tu pu écrire cette lettre ! Qu'elle est froide ! Et puis du 23 au 26 restent quatre jours : qu'as-tu fait, puisque tu n'as pas écrit à ton mari ?... Ah ! mon amie, ce vous et ces quatre jours me font regretter mon antique indifférence. Malheur à qui en serait la cause ! Puisse-t-il pour peine et pour supplice éprouver ce que la conviction et l'évidence (qui servit ton ami) me feraient éprouver ! L'Enfer n'a pas de supplices ! Ni les Furies de serpents ! Vous ! Vous ! Ah ! que sera-ce dans quinze jours ?... Mon âme est triste : mon cœur est esclave, et mon imagination m'effraie. Tu m'aimes moins, tu seras consolée. Un jour tu ne m'aimeras plus ; dis-le-moi ; je saurai au moins mériter le malheur... Adieu, femme, tourment, bonheur, espérance et âme de ma vie, que j'aime, que je crains, qui m'inspire des sentiments tendres qui m'appellent à la Nature, et des mouvements impétueux aussi volcaniques que le tonnerre. Je ne te demande ni amour éternel, ni fidélité, mais seulement vérité, franchise sans bornes. Le jour où tu diras « je t'aime moins » sera le dernier de mon amour ou le dernier de ma vie. Si mon cœur était assez vil pour aimer sans retour, je le hacherais avec les dents. Joséphine, Joséphine ! Souviens-toi de ce que je t'ai dit quelquefois ; la Nature m'a fait l'âme forte et décidée. Elle t'a bâtie en dentelle et de gaze. As-tu cessé de m'aimer ? Pardon, âme de ma vie, mon âme est tendue sur de vastes combinaisons. Mon cœur, entièrement occupé par toi, a des craintes qui me rendent malheureux... Je suis ennuyé de ne pas t'appeler par ton nom. J'attends que tu me l'écrives.

Adieu ! Ah ! Si tu m'aimes moins, tu ne m'auras jamais aimé. Je serais alors bien à plaindre.

P.S. La guerre, cette année, n'est plus reconnaissable. J'ai fait donner de la viande, du pain, des fourrages ; ma cavalerie armée marchera bientôt. Mes soldats me marquent une confiance qui ne s'exprime pas ; toi seule me chagrines ; toi seule, le plaisir et le tourment de ma vie. Un baiser à tes enfants, dont tu ne parles pas ! Pardi ! cela allongerait tes lettres de moitié. Les visiteurs, à dix heures du matin, n'auraient pas le plaisir de te voir. Femme !!!

Napoléon Bonaparte (1769-1821)
Lettre à Joséphine de Beauharnais, 30 mars 1796

Beaucoup d'amour

Malgré la voix de la sagesse,
Je voudrais amasser de l'or :
Soudain aux pieds de ma maîtresse
J'irais déposer mon trésor.
Adèle, à ton moindre caprice
Je satisferais chaque jour.
Non, non, je n'ai point d'avarice,
Mais j'ai beaucoup, beaucoup d'amour.

Pour immortaliser Adèle,
Si des chants m'étaient inspirés,
Mes vers, où je ne peindrais qu'elle,
À jamais seraient admirés.
Puissent ainsi dans la mémoire
Nos deux noms se graver un jour !
Je n'ai point l'amour de la gloire,
Mais j'ai beaucoup, beaucoup d'amour.

Que la Providence m'élève
Jusqu'au trône éclatant des rois,
Adèle embellira ce rêve :
Je lui céderai tous mes droits.
Pour être plus sûr de lui plaire,
Je voudrais me voir une cour.
D'ambition je n'en ai guère,
Mais j'ai beaucoup, beaucoup d'amour.

Mais quel vain désir m'importune ?
Adèle comble tous mes vœux.
L'éclat, le renom, la fortune,
Moins que l'amour rendent heureux.
À mon bonheur je puis donc croire,
Et du sort braver le retour !
Je n'ai ni bien, ni rang, ni gloire,
Mais j'ai beaucoup, beaucoup d'amour.

Pierre-Jean DE BÉRANGER (1780-1857)
Chansons

Je t'aime à la passion

Ma bonne amie, afin que tu souffres le moins possible de mes bizarreries, je vais faire le sot, c'est-à-dire te parler de moi.

Mes bonnes qualités, si j'en ai, tiennent à d'autres qualités, sinon extrêmement mauvaises, du moins fort désagréables, mais encore plus déplaisantes à moi qu'aux autres. Je me compare à un conscrit qui arrive dans un régiment de dragons ; on lui donne un cheval. S'il a un peu de bon sens, il connaît bien vite les qualités de ce cheval. Le cheval, c'est le caractère ; mais connaître que le cheval qu'on monte est ombrageux n'ôte pas du tout à ce cheval la qualité d'*être ombrageux*. Il en est ainsi de mon caractère ; depuis deux ans surtout, je commence à le bien connaître. Ces défauts ne marquaient guère en Italie, ou tout le monde est original et ne fait que ce qui lui fait plaisir, *sans s'inquiéter du voisin*. En France, on se dit toujours : *Mais que pensera le voisin ?*

N'aie pas la moindre inquiétude sur moi, je t'aime à la passion ; ensuite cet amour ne ressemble peut-être pas à celui que tu as vu dans le monde ou dans les romans. Je voudrais, pour que tu n'eusses pas d'inquiétudes, qu'il ressemblât à ce que tu connais au monde de plus tendre. Je suis triste en pensant que tu as dû être triste jeudi, vendredi et samedi.

Devrions-nous augmenter les contrariétés qui nous poursuivent ! Si tu avais fait une telle action, j'en serais outré. Faut-il que ma maudite originalité ait pu te donner une fausse idée de ma tendresse !

Stendhal (1783-1842)
Lettre à la Comtesse Curial, 1824

Je succombe à mon émotion

Est-ce vous, Alphonse, est-ce bien vous que je viens de serrer dans mes bras et qui m'êtes échappé comme le bonheur échappe ? Je me le demande si ce n'est pas une apparition céleste que Dieu m'a envoyée, s'il me la rendra, si je reverrai encore mon enfant chéri et l'ange que j'adore... Les cruels qui nous ont séparés, quel mal ils nous ont fait, Alphonse ! Qu'avons-nous de commun avec eux pour qu'ils viennent se mettre entre nous et nous dire : Vous ne vous regarderez plus ?... J'ai cru que j'allais leur dire : Eh ! laissez-moi. Vous voyez bien que je ne suis pas à vous, que j'ai beaucoup souffert et qu'il est temps, pour que je vive, qu'il me ranime sur son sein ?... Ah ! que cette nuit s'écoule. Elle me torture. Quoi ! Alphonse, je ne me trompe pas. Vous êtes bien ici ! Nous habitons le même lieu ! Je n'en serai sûre que demain. Et il faut que je vous revoie pour croire à mon bonheur ! Ce soir le trouble est trop affreux ! Chère vallée d'Aix ! Ce n'était pas ainsi que vous nous rassembliez ; vous n'étiez pas pour nous avare des joies du ciel ! Elles duraient comme notre amour, sans termes, sans bornes ! Elles auraient duré toute la vie et les voilà déjà troublées. Mais quelle soirée aussi, et que nous aurions tort, cher enfant, de n'en pas espérer de meilleures ! Vous verrez comme habituellement je suis seule. Vous verrez demain, mon cher ange, si Dieu est assez bon pour nous faire vivre jusqu'au soir, que des heures et des heures se passeront sans que l'on nous sépare… Demain j'ai le malheur de n'être pas libre avant midi et demi… Attendez-moi chez vous, mon ange. J'y serai dès qu'on m'aura laissée, et je vous ferai demander pour vous emmener, afin que nous passions le reste de la matinée ensemble… Ah ! mon enfant que je vous aime ! Que je vous aime ! Vous l'êtes-vous bien dit ? L'avez-vous vu ? Au milieu de ce monde où il fallait parler, sentiez-vous mon cœur souffrir ? Alphonse ! Alphonse ! Je succombe à mon émotion. Je vous adore, mais je n'ai plus la force de vous le dire. Ah ! que des larmes abondantes me feraient du bien ! Qu'il est donc difficile à porter le bonheur ! Pauvre nature humaine, tu es trop faible pour lui !… Je vous laisse, enfant chéri, pour quelques heures. Vous allez dormir, et moi, pendant la nuit entière, je vais veiller sur vous et demander à Dieu que demain nous arrive. Après, nous pouvons mourir…

Julie CHARLES (1784-1817)
Lettre à Alphonse de Lamartine

Quel bonheur alors de vous aimer !

Me croyez-vous libre d'exprimer ce qui se passe en moi, mon ami ? Le croyez-vous ? Oppressée de joie et de surprise, je crains..., pardonnez-moi, je crains d'abandonner mon âme au sentiment qui la remplit, qui l'accable, oui, cette ivresse de l'âme est presque une souffrance. Ô prenez garde à ma vie ! Elle est encore frêle et incertaine. Depuis qu'elle est à vous, je crains tout ce qui peut la menacer, et l'espoir d'une félicité imprévue, infinie, me semble au-dessus de mes forces.

Et dites-moi, mon amour, portez-vous dans les relations intimes de votre vie, ce charme, cette douceur qui me touche, qui m'entraîne vers vous ? Quel bonheur alors de vous aimer ! d'être uniquement aimée de vous ! L'enchantement de nos premiers regards ne sera donc pas détruit ? J'oserai les fixer à présent, y lire ma destinée, un avenir cher, la promesse tendre et solennelle du lien qui va nous unir !...

Ô Dieu ! si je suis craintive, il faut pardonner ce sentiment, c'est l'amour même qui tremble devant l'amour. S'il est timide dans ses aveux, dans ses espérances, vous savez bien qu'il n'en est que plus parfait et plus fidèle. Tous les jours de ma vie en laisseront une preuve dans votre souvenir, mon bien aimé !

Oui, ce soir nous nous verrons. Quelle douceur d'y penser ! Toute ma mélancolie s'effacera encore. Dieu qui nous aime ne veut pas d'un nuage sur la plus douce réunion. Votre mère sera donc la mienne ! Votre père va donc remplacer celui que je pleure encore !... Savez-vous comment je le chérirai. Dites que vous le savez bien ! Mais moi, m'aimeront-ils ? Oh demandez-leur de m'aimer, de commencer dès à présent pour ne jamais finir.

Adieu. S'il est vrai que nos âmes s'entendent, devinez ce qu'il m'en coûte pour vous dire adieu. Devinez ce que j'éprouve en vous disant : à ce soir ! Il faudra me rendre compte de tout cela, pour voir un peu si nous serons d'accord dans l'avenir.

Marceline DESBORDES-VALMORE (1786-1859)
Lettre à Valmore, 1817

Le Serment

Idole de ma vie,
Mon tourment, mon plaisir,
Dis-moi si ton envie
S'accorde à mon désir ?
Comme je t'aime en mes beaux jours,
Je veux t'aimer toujours.

Donne-moi l'espérance ;
Je te l'offre en retour.
Apprends-moi la constance ;
Je t'apprendrai l'amour.
Comme je t'aime en mes beaux jours,
Je veux t'aimer toujours.

Sois d'un cœur qui t'adore
L'unique souvenir ;
Je te promets encore
Ce que j'ai d'avenir.
Comme je t'aime en mes beaux jours,
Je veux t'aimer toujours.

Vers ton âme attirée
Par le plus doux transport,
Sur ta bouche adorée
Laisse-moi dire encor :
Comme je t'aime en mes beaux jours,
Je veux t'aimer toujours.

Marceline DESBORDES-VALMORE (1786-1859)
Romances

Je ne sens plus le poids du temps…

Je ne sens plus le poids du temps ; le vol de l'heure
D'une aile égale et douce en s'écoulant m'effleure ;
Je voudrais chaque soir que le jour avancé
Fût encore au matin à peine commencé ;
Ou plutôt que le jour naisse ou meurt dans l'ombre,
Que le ciel du vallon soit rayonnant ou sombre,
Que l'alouette chante ou non à mon réveil.
Mon cœur ne dépend plus d'un rayon de soleil,
De la saison qui fuit, du nuage qui passe ;
Son bonheur est en lui ; toute heure, toute place.
Toute saison, tout ciel, sont bons quand on est deux ;
Qu'importe aux cœurs unis ce qui change autour d'eux ?
L'un à l'autre ils se font leur temps, leur ciel, leur monde ;
L'heure qui fuit revient plus pleine et plus féconde,
Leur cœur intarissable, et l'un à l'autre ouvert,
Leur est un firmament qui n'est jamais couvert.
Ils y plongent sans ombre, ils y lisent sans voile.
Un horizon nouveau sans cesse s'y dévoile ;
Du mot de chaque ami le retentissement
Éveille au sein de l'autre un même sentiment ;
La parole dont l'un révèle sa pensée
Sur les lèvres de l'autre est déjà commencée ;
Le geste aide le mot, l'œil explique le cœur,
L'âme coule toujours et n'a plus de langueur ;

D'un univers nouveau l'impression commune
Vibre à la fois, s'y fond, et ne fait bientôt qu'une ;
Dans cet autre soi-même, où tout va retentir,
On se regarde vivre, on s'écoute sentir ;
En laissant échapper sa pensée ingénue,
On s'explique, on se crée une langue inconnue ;
En entendant le mot que l'on cherchait en soi,
On se comprend soi-même, on rêve, on dit : c'est moi !
Dans sa vivante image on trouve son emblème,
On admire le monde à travers ce qu'on aime ;
Et la vie appuyée, appuyant tour à tour,
Est un fardeau sacré qu'on porte avec amour !

Alphonse DE LAMARTINE (1790-1869)
Jocelyn

La Nuit d'été

Hier la nuit d'été qui nous prêtait ses voiles
Était digne de toi, tant elle avait d'étoiles !
Tant son calme était frais, tant son souffle était doux !
Tant elle éteignait bien ses rumeurs apaisées !
Tant elle répandait d'amoureuses rosées
Sur les fleurs et sur nous !

Moi j'étais devant toi, plein de joie et de flamme,
Car tu me regardais avec toute ton âme.
J'admirais la beauté dont ton front se revêt.
Et, sans même qu'un mot révélât ta pensée,
La tendre rêverie en ton cœur commencée
Dans mon cœur s'achevait,

Et je bénissais Dieu, dont la grâce infinie
Sur la nuit et sur toi jeta tant d'harmonie,
Qui, pour me rendre calme et pour me rendre heureux,
Vous fit, la nuit et toi, si belles et si pures,
Si pleines de rayons, de parfums, de murmures,
Si douces toutes deux !

Oh ! oui, bénissons Dieu dans notre foi profonde !
C'est lui qui fit ton âme et qui créa le monde !
Lui qui charme mon cœur ! lui qui ravit mes yeux !
C'est lui que je retrouve au fond de tout mystère !

C'est lui qui fait briller ton regard sur la terre
Comme l'étoile aux cieux !

C'est Dieu qui mit l'amour au bout de toute chose,
L'amour en qui tout vit, l'amour sur qui tout pose !
C'est Dieu qui fait la nuit plus belle que le jour.
C'est Dieu qui sur ton corps, ma jeune souveraine,
A versé la beauté, comme une coupe pleine,
Et dans mon cœur l'amour !

Laisse-toi donc aimer ! — Oh, l'amour c'est la vie.
C'est tout ce qu'on regrette et tout ce qu'on envie
Quand on voit la jeunesse au couchant décliner.
Sans lui rien n'est complet, sans lui rien ne rayonne.
La beauté c'est le front, l'amour c'est la couronne.
Laisse-toi couronner !

Ce qui remplit une âme, hélas ! tu peux m'en croire,
Ce m'est pas un peu d'or, ni même un peu de gloire,
Poussière que l'orgueil rapporte des combats ;
Ni l'ambition folle, occupée aux chimères,
Qui ronge tristement les écorces amères
Des choses d'ici-bas.

Non, il lui faut, vois-tu, l'hymen de deux pensées,
Les soupirs étouffés, les mains longtemps pressées,
Le baiser, parfum pur, enivrante liqueur,
Et tout ce qu'un regard dans un regard peut lire,
Et toutes les chansons de cette douce lyre
Qu'on appelle le cœur.

Il n'est rien sous le ciel qui n'ait sa loi secrète,
Son lieu cher et choisi, son abri, sa retraite,
Où mille instincts profonds nous fixent nuit et jour ;
Le pêcheur a la barque où l'espoir l'accompagne,
Les cygnes ont le lac, les aigles la montagne,
Les âmes ont l'amour.

Victor Hugo (1802-1885)
Les Chants du Crépuscule

Enfant, je m'étais dit...

Enfant, je m'étais dit et souvent répété :
« Jamais, jamais d'amour ; c'est assez de la gloire ;
En des siècles sans nombre étendons ma mémoire,
Et semons ici-bas pour l'immortalité. »

Plus tard, je me disais : « Amour et volupté,
Allez, et gloire aussi ! que m'importe l'histoire ?
Fantôme au laurier d'or, vierges au cou d'ivoire,
Je vous fuis pour l'étude et pour l'obscurité. »

Ainsi, jeune orgueilleux, ainsi longtemps disais-je ;
Mais comme après l'hiver, en nos plaines, la neige
Sous le soleil de mars fond au premier beau jour,

Je te vis, blonde Hélène, et dans ce cœur farouche,
Aux rayons de tes yeux, au souffle de ta bouche,
Aux soupirs de ta voix, tout fondit en amour.

Charles Augustin Sainte-Beuve (1804-1869)
Vie, Poésies et Pensées de Joseph Delorme

Ma vie t'appartient...

Pourquoi nous sommes-nous quittés si tristes ? Nous verrons-nous ce soir ? Pouvons-nous être heureux ? Pouvons-nous nous aimer ? tu as dit que oui, et j'essaye de le croire. Mais il me semble qu'il n'y a pas de suite dans tes idées, et qu'à la moindre souffrance, tu t'indignes contre moi, comme contre un joug. Hélas ! mon enfant ! Nous nous aimons, voilà la seule chose sûre qu'il y ait entre nous. Le temps et l'absence ne nous ont pas empêchés et ne nous empêcheront pas de nous aimer. Mais notre vie est-elle possible ensemble ? La mienne est-elle possible avec quelqu'un ? Cela m'effraye. Je suis triste et consternée par instants, tu me fais espérer et désespérer à chaque instant. Que ferai-je ? Veux-tu que je parte ? Veux-tu essayer encore de m'oublier ? Moi je ne chercherai pas, mais je puis me taire et m'en aller. Je sens que je vais t'aimer encore comme autrefois, si je ne fuis pas. Je te tuerai peut-être, et moi avec toi, penses-y bien. Je voulais te dire d'avance tout ce qu'il y avait à craindre entre nous. J'aurais dû te l'écrire et ne pas revenir. La fatalité m'a ramenée ici. Faut-il l'accuser ou la bénir ? Je t'ai vu et je t'ai cédé. Il y a des heures je te l'avoue où l'effroi est plus fort que l'amour et où je me sens paralysée comme un homme sur un sentier de montagne qui n'ose ni avancer ni reculer entre deux abîmes.

L'amour avec toi et une vie de fièvre pour tous deux peut-être : ou bien la solitude et le désespoir pour moi seule. Dis-moi, crois-tu pouvoir être heureux ailleurs ? Oui sans doute, tu as vingt-trois ans et les plus belles femmes du monde, les meilleures peut-être, peuvent t'appartenir. Moi, je n'ai pour t'attacher que le peu de bien, et le beaucoup de mal que je t'ai fait. C'est une triste dot que je t'apporte. Chasse-moi, mon enfant, dis un mot. Cette fois, tu n'auras rien à craindre de violent de ma part, et je ne te demanderai pas compte d'un bonheur auquel j'avais renoncé. Dis-moi ce que tu veux, fais ce que tu veux, ne t'occupe pas de moi, je vivrai pour toi aussi longtemps que tu voudras, et le jour où tu ne voudras plus, je m'éloignerai sans cesser de te chérir et de prier pour toi. Consulte ton cœur, ta raison aussi, ton avenir, ta mère, pense à ce que tu as hors de moi et ne me sacrifie rien. Si tu reviens à moi, je ne peux te promettre qu'une chose, c'est d'essayer de te rendre heureux. Mais il te faudrait de la patience et de l'indulgence pour quelques moments de peur et de tristesse que j'aurai encore sans doute. Cette patience-là n'est guère de ton âge. Consulte-moi, mon ange. Ma vie t'appartient et quoi qu'il arrive, sache que je t'aime et t'aimerai...

George SAND (1804-1876)
Lettre à Alfred de Musset, janvier 1835

Bien perdu

Entre quinze et vingt ans, le cœur tout neuf, qui sort
De sa torpeur première et qui commence à vivre,
S'enflamme quelquefois tout de bon, et s'enivre,
Dans un profond secret, d'un amour grand et fort.

Honteux de laisser voir cette ardeur qui le mord,
C'est sous un dehors calme et serein qu'il s'y livre ;
Et l'on se dit, craignant les troubles qui vont suivre :
N'éveillons pas trop tôt le cœur d'enfant qui dort.

Grâce aux cachets, fermoirs et scellés qu'on y pose,
Homme et femme, à cet âge, ont l'âme si bien close,
Qu'on n'en peut soupçonner les intimes combats.

On serait bien surpris, si l'on pouvait y lire :
Combien dans leur jeunesse, ont aimé sans le dire !
Combien furent aimés, qui ne le sauront pas !

Amédée Pommier (1804-1877)
Colifichets

La vie n'est rien sans toi

Il m'est impossible d'être gaie, mon bien-aimé, puisque je suis sûre d'avance de ne pas te voir ce soir. Tout ce que je peux faire en relisant ta lettre, en la baisant et en l'appuyant très fort sur mon cœur, c'est de n'être pas très malheureuse. Je ne peux pas faire davantage, mon cher bien-aimé, à moins de ne pas t'aimer sans partage comme je le fais.

Quand tu me manques, tout me manque : plaisir et bonheur. La vie n'est rien sans toi. Ordinairement l'amour se tranquillise avec les années. Moi, le mien est plus actif et plus dévorant que jamais.

Ça n'est pas de ma faute. Peut-être est-ce de la tienne ? Pourquoi es-tu plus beau, plus jeune, plus charmant et plus ravissant que jamais ? Répondez si vous pouvez et si vous l'osez. En attendant je ne veux pas que tu me croies ingrate et insensible à ton adorable petite lettre. Sans elle qu'est-ce que je serais devenue aujourd'hui, mon Dieu ? Avec elle, je ne suis pas *gaie*, mais je suis *résignée à mon sort*. Je t'attendrai sans désespoir, grâce à ta chère petite lettre.

Merci, mon adoré, d'avoir eu le courage et la pensée de me l'écrire sous les regards curieux de tous ces pairs de France et de Navarre.

Merci et amour à toi que j'aime plus que plein mon cœur.

Quand je me sentirai défaillir ce soir, je la lirai et je la baiserai et mon courage reviendra, pourvu cependant que tu ne le mettes pas à une trop longue et trop rude épreuve.

Juliette Drouet (1806-1883)
Lettre à Victor Hugo, 1er mai 1845

Premier désir

Une femme !!! Jamais une bouche de femme
N'a soufflé sur mon front !... ne m'a baisé d'amour !
Jamais je n'ai senti, sous deux lèvres de flamme,
Mes deux yeux se fermer et s'ouvrir tour à tour !
Et jamais un bras nu, jamais deux mains croisées,
Comme un double lien, autour de moi passées,
N'ont attiré mon corps vers un bien inconnu !
Jamais un œil de femme au mien n'a répondu !...
Une femme !... Une femme !... Oh ! qui pourra me dire
Si jamais une femme, avec son doux sourire,
Avec son sein qui bat, et qui fait palpiter,
Avec sa douce voix qu'il est doux d'écouter,
Si jamais une femme, aimable et prévenante,
Amie aux mauvais jours ; aux jours heureux, amante ;
Si cet ange du ciel un jour me sourira !...
Si sa main à ma main quelquefois répondra ?
Je suis jeune, et pourtant la gaieté m'est ravie.
Et pourtant sans plaisir je dépense la vie ;
Et souvent, quand, pour moi, les heures de la nuit
S'écoulent sans sommeil, sans songes et sans bruit,
Il passe dans mon cœur de brûlantes pensées,
D'invincibles désirs, des fougues insensées.
Je ne respire plus !... c'est alors que ma voix
Murmure un nom, tout bas... C'est alors que je vois
M'apparaître à demi, jeune, voluptueuse,

Sur ma couche penchée, une femme amoureuse,
Une image de femme, une femme… Oh ! pourquoi.
Quand mes bras étendus vont l'attirer vers moi,
Fuit-elle tout d'un coup, ainsi qu'une ombre vaine ?
Sur sa trace parfois le délire m'entraîne :
Je m'élance, j'appelle au silence profond,
À l'ombre où je m'égare, à l'air qui m'environne,
Au sommeil qui me fuit, au lit que j'abandonne.
Je demande une femme… et rien ne me répond !…
Rien !… rien autour de moi !… Comme arraché d'un songe,
Je m'arrête soudain… Je m'étonne… Je songe
Que je suis seul, tout seul… tout seul !… et j'ai vingt ans !
Tout seul !… et mon cœur brûle !… Ô toi que j'ai rêvée,
Femme, à mes longs baisers si souvent enlevée,
Ne viendras-tu jamais ?… Viens… Oh ! viens… je t'attends !

Charles DOVALLE (1807-1829)
Le Sylphe

Il n'existe pour moi qu'une seule femme au monde

Ah ! ma pauvre amie, je ne sais quels rêves vous avez faits ; mais non, je sors d'une nuit terrible ; je suis malheureux par ma faute peut-être et non par la vôtre, mais je le suis. Grand Dieu ! excusez mon désordre, pardonnez les combats de mon âme. Oui, c'est vrai, j'ai voulu vous le cacher en vain, je vous désire autant que je vous aime, mais je mourrais plutôt que d'exciter encore une fois votre mécontentement. Oh ! pardonnez, je ne suis pas volage, moi ; depuis trois mois, je vous suis fidèle, je le jure devant Dieu. Si vous tenez un peu à moi, voulez-vous m'abandonner encore à ces vaines ardeurs qui me tuent ? Je vous avoue tout cela pour que vous y songiez plus tard ; car, je vous l'ai dit, quelque espoir que vous ayez bien voulu me donner, ce n'est pas à un jour fixe que je voudrais vous obtenir, mais arrangez les choses pour le mieux. Ah ! je le sais, les femmes aiment qu'on les force un peu ; elles ne veulent point paraître céder sans contrainte. Mais, songez-y, vous n'êtes pas pour moi comme les autres femmes ; je suis plus peut-être pour vous que les autres hommes ; sortons donc des usages de la galanterie ordinaire. Que m'importe que vous ayez été à d'autres, que vous soyez à d'autres peut-être. Vous êtes la première femme que j'aime, et je suis peut-être le premier homme qui vous aime à ce point. Si ce n'est pas là une sorte d'hymen que le ciel bénisse, le mot amour n'est qu'un vain mot. Que ce soit donc un hymen véritable où l'épouse s'abandonne en disant : « C'est l'heure. » Il y a de certaines formes de forcer une femme qui me répugnent. Vous le savez, mes idées sont singulières, ma passion s'entoure de beaucoup de poésie et d'originalité, j'arrange volontiers ma vie comme un roman ; les moindres désaccords me choquent, et les modernes manières que prennent les hommes avec les femmes qu'ils ont possédées ne seront jamais les miennes. Laissez-vous aimer ainsi ; cela aura peut-être quelques douceurs charmantes que vous ignorez. Ah ! ne redoutez rien d'ailleurs de la vivacité de mes transports. Vos craintes seront toujours les miennes, et, de même que je sacrifierais toute ma jeunesse et ma force au bonheur de vous posséder, de même aussi mon désir s'arrêterait devant votre réserve, comme il s'est arrêté si longtemps devant votre rigueur. Ah ! ma chère et véritable amie, j'ai peut-être tort de vous écrire ces choses qui ne se disent d'ordinaire qu'aux heures d'enivrement. Mais je vous sais si bonne et si sensible, que vous ne vous offenserez pas d'aveux qui ne tendent qu'à vous faire lire plus complètement dans mon cœur. Je vous ai fait bien des concessions, faites-m'en quelques-unes aussi. La seule chose qui m'effraye serait de n'obtenir de vous qu'une complaisance froide qui ne partirait pas de l'attachement, mais peut-être de la pitié. Vous avez reproché à mon amour d'être matériel, il ne l'est pas du moins dans ce sens ; que je ne vous possède jamais, si je dois avoir dans les bras une femme résignée plutôt que vaincue. Je renonce à la jalousie, je sacrifie mon amour-propre, mais je ne puis faire abstraction des droits secrets de mon cœur sur un autre. Vous m'aimez, oui, beaucoup moins que je ne vous aime, sans doute, mais vous m'aimez, et sans cela je n'aurais pas pénétré aussi avant dans votre intimité. Eh bien, vous comprendrez tout ce que je cherche à vous exprimer. Autant cela serait choquant pour une tête froide, autant cela doit toucher un cœur indulgent et tendre.

Un mouvement de vous m'a fait plaisir, c'est que vous avez paru craindre un instant que, depuis quelques jours, ma constance ne se fût démentie. Ah ! rassurez-vous. J'ai peu de mérite à la conserver ; il n'existe pour moi qu'une seule femme au monde.

Gérard DE NERVAL (1808-1855)
Aurélia ou le Rêve et la Vie

Serment

Par tes yeux si beaux sous les voiles
De leurs franges de longs cils noirs,
Soleils jumeaux, doubles étoiles,
D'un cœur ardent ardents miroirs ;

Par ton front aux pâleurs d'albâtre,
Que couronnent des cheveux bruns,
Où l'haleine du vent folâtre
Parmi la soie et les parfums ;

Par tes lèvres, fraîche églantine,
Grenade en fleur, riant corail
D'où sort une voix argentine
À travers la nacre et l'émail ;

Par ton sein rétif qui s'agite
Et bat sa prison de satin,
Par ta main étroite et petite,
Par l'éclat vermeil de ton teint ;

Par ton doux accent d'Espagnole,
Par l'aube de tes dix-sept ans,
Je t'aimerai, ma jeune folle,
Un peu plus que toujours, – longtemps !

Théophile GAUTIER (1811-1872)
Poésies

Tes yeux t'éclairaient toute la figure

Il y a douze heures, nous étions encore ensemble ; hier à cette heure-ci, je te tenais dans mes bras... t'en souviens-tu ? Comme c'est déjà loin ! La nuit maintenant est chaude et douce ; j'entends le grand tulipier, qui est sous ma fenêtre, frémir au vent et, quand je lève la tête, je vois la lune se mirer dans la rivière. Tes petites pantoufles sont là pendant que je t'écris ; je les ai sous les yeux, je les regarde. Je viens de ranger, tout seul et bien enfermé, tout ce que tu m'as donné ; tes deux lettres sont dans le sachet brodé ; je vais les relire quand j'aurai cacheté la mienne. Je n'ai pas voulu prendre pour t'écrire mon papier à lettres ; il est bordé de noir ; que rien de triste ne vienne de moi vers toi ! Je voudrais ne te causer que de la joie et t'entourer d'une félicité calme et continue pour te payer un peu de tout ce que tu m'as donné à pleines mains dans la générosité de ton amour. J'ai peur d'être froid, sec, égoïste, et Dieu sait pourtant ce qui, à cette heure, se passe en moi. Quel souvenir ! et quel désir ! Ah ! nos deux bonnes promenades en calèche ! Qu'elles étaient belles, la seconde surtout avec ses éclairs ! Je me rappelle la couleur des arbres éclairés par les lanternes, et le balancement des ressorts ; nous étions seuls, heureux. Je contemplais ta tête dans la nuit ; je la voyais malgré les ténèbres ; tes yeux t'éclairaient toute la figure. Il me semble que j'écris mal ; tu vas lire ça froidement ; je ne dis rien de ce que je veux dire. C'est que mes phrases se heurtent comme des soupirs ; pour les comprendre il faut combler ce qui sépare l'une de l'autre ; tu le feras, n'est-ce pas ? Rêveras-tu à chaque lettre, à chaque signe de l'écriture ? Comme moi, en regardant tes petites pantoufles brunes, je songe aux mouvements de ton pied quand il les emplissait et qu'elles en étaient chaudes... [...]

Ma mère m'attendait au chemin de fer ; elle a pleuré en me voyant revenir. Toi, tu as pleuré en me voyant partir. Notre misère est donc telle que nous ne pouvons nous déplacer d'un lieu sans qu'il en coûte des larmes des deux côtés ! C'est d'un grotesque bien sombre.

J'ai retrouvé ici les gazons verts, les arbres grands et l'eau coulant comme lorsque je suis parti. Mes livres sont ouverts à la même place ; rien n'est changé. La nature extérieure nous fait honte ; elle est d'une sérénité désolante pour notre orgueil. N'importe, ne songeons ni à l'avenir, ni à nous, ni à rien. Penser, c'est le moyen de souffrir. Laissons-nous aller au vent de notre cœur tant qu'il enflera la voile ; qu'il nous pousse comme il lui plaira, et quant aux écueils... ma foi tant pis ! Nous verrons... [...]

Gustave FLAUBERT (1821-1880)
Lettre à Louise Colet, 4 août 1846

Tu donnerais de l'amour à un mort

Tu donnerais de l'amour à un mort. Comment veux-tu que je ne t'aime pas ? Tu as un pouvoir d'attraction à faire dresser les pierres à ta voix. Tes lettres me remuent jusqu'aux entrailles. N'aie donc pas peur que je t'oublie ! Tu sais bien qu'on ne quitte pas les natures comme la tienne, ces natures émues, émouvantes, profondes. Je m'en veux, je me battrais de t'avoir fait peine. Oublie tout ce que je t'ai dit dans la lettre de dimanche. Je m'étais adressé à ton intelligence virile, j'avais cru que tu saurais t'abstraire de toi-même et me comprendre sans ton cœur. Tu as vu trop de choses là où il n'y en avait pas tant, tu as exagéré tout ce que je t'ai dit. Tu as peut-être cru que je posais, que je me donnais pour un Antony de bas étage. Tu me traites de voltairien et de matérialiste. Dieu sait si pourtant je le suis ! Tu me parles aussi de mes goûts exclusifs en littérature, qui auraient dû te faire deviner ce que je suis en amour. Je cherche vainement ce que cela veut dire. Je n'y entends rien. [...] Allons, n'en parlons plus. J'ai eu tort, j'ai été sot. J'ai fait avec toi ce que j'ai fait en d'autres temps avec mes mieux aimées, je leur ai montré le fond du sac, et la poussière âcre qui en sortait les a prises à la gorge. [...]

Les larmes que je retrouve sur tes lettres, ces larmes causées par moi, je voudrais les racheter par autant de verres de sang. Je m'en veux, cela augmente le dégoût de moi-même. Sans l'idée que je te plais, je me ferais horreur. Au reste, il en est toujours ainsi : on fait souffrir ceux qu'on aime, ou ils vous font souffrir. Comment se fait-il que tu me reproches cette phrase : « Je voudrais ne jamais t'avoir connue ! » Je n'en sais pas de plus tendre. [...] Que diable dire quand le cœur vous crève de plénitude ? Demande-toi s'il y a beaucoup d'hommes qui t'auraient écrit cette lettre qui t'a fait tant de mal. Peu, je crois, auraient eu ce courage et cette abnégation gratuite d'eux-mêmes. Cette lettre-là, amour, il faut la déchirer, n'y plus penser ou la relire de temps à autre quand tu te sentiras forte. [...]

Gustave FLAUBERT (1821-1880)
Lettre à Louise Colet, 11 août 1846

Les Bijoux

La très-chère était nue, et, connaissant mon cœur,
Elle n'avait gardé que ses bijoux sonores,
Dont le riche attirail lui donnait l'air vainqueur
Qu'ont dans leurs jours heureux les esclaves des Mores.

Quand il jette en dansant son bruit vif et moqueur,
Ce monde rayonnant de métal et de pierre
Me ravit en extase, et j'aime à la fureur
Les choses où le son se mêle à la lumière.

Elle était donc couchée et se laissait aimer,
Et du haut du divan elle souriait d'aise
À mon amour profond et doux comme la mer,
Qui vers elle montait comme vers sa falaise.

Les yeux fixés sur moi, comme un tigre dompté,
D'un air vague et rêveur elle essayait des poses,
Et la candeur unie à la lubricité
Donnait un charme neuf à ses métamorphoses ;

Et son bras et sa jambe, et sa cuisse et ses reins,
Polis comme de l'huile, onduleux comme un cygne,
Passaient devant mes yeux clairvoyants et sereins ;
Et son ventre et ses seins, ces grappes de ma vigne,

S'avançaient, plus câlins que les Anges du mal,
Pour troubler le repos où mon âme était mise,
Et pour la déranger du rocher de cristal
Où, calme et solitaire, elle s'était assise.

Je croyais voir unis par un nouveau dessin
Les hanches de l'Antiope au buste d'un imberbe,
Tant sa taille faisait ressortir son bassin.
Sur ce teint fauve et brun le fard était superbe !

— Et la lampe s'étant résignée à mourir,
Comme le foyer seul illuminait la chambre,
Chaque fois qu'il poussait un flamboyant soupir,
Il inondait de sang cette peau couleur d'ambre !

Charles BAUDELAIRE (1821-1867)
Les Fleurs du mal

Rosaire d'amour

J'aime tes belles mains longues et paresseuses,
Qui, pareilles au lis, n'ont jamais travaillé,
Mais savent le secret des musiques berceuses
Qui parlent à voix lente au cœur émerveillé.
J'aime tes belles mains longues et paresseuses.

J'aime tes petits pieds vifs et spirituels,
Petits pieds éloquents de la cheville aux pointes,
Que les saints, oubliant leurs graves rituels,
Pliés sur deux genoux, baiseraient à mains jointes.
J'aime tes petits pieds vifs et spirituels.

J'aime ta chevelure abondante et houleuse,
Flots noirs en harmonie avec ton cou bistré.
Je crois bien que jamais une main de fileuse
Ne tria d'écheveau si fin et si lustré.
J'aime ta chevelure abondante et houleuse.

J'aime tes yeux vert d'eau, j'aime tes yeux songeurs.
Quand je regarde en eux, je pense aux mers profondes
Dont le mystère échappe aux plus hardis plongeurs ;
Je rêve d'un abîme où s'égarent les sondes.
J'aime tes yeux vert d'eau, j'aime tes yeux songeurs.

J'aime ta bouche en fleur dont la corolle s'ouvre,
Pur carmin sur un fond de neige éblouissant.
C'est à prendre en pitié tous les trésors du Louvre.
J'aime ta bouche en fleur, fleur de chair, fleur de sang.
J'aime ta bouche en fleur dont la corolle s'ouvre.

Vous, la belle de nuit et la belle de jour,
Me pardonnerez-vous cette ingrate analyse ?
Si j'ai mal égrené le rosaire d'amour,
C'est qu'un cher souvenir trop capiteux me grise.
Grâce, belle de nuit ; grâce, belle de jour.

André LEMOYNE (1822-1907)
Les Charmeuses

Chanson d'amour

Qui veut avant le point du jour,
Vers le bien-aimé de mon âme,
Parce que je languis d'amour,
Porter le secret de ma flamme ?

Ô mon cœur, à quel cœur discret
Peux-tu te confier encore ?
Si l'alouette a mon secret,
Elle ira le dire à l'Aurore.

Le désir de son javelot
A percé mon cœur qui se brise.
Si je dis mon secret au flot,
Le flot l'ira dire à la brise.

Un frisson glisse sur mon col,
Et glace ma lèvre déclose.
Si je le dis au rossignol,
Il ira le dire à la rose.

Qui donc saura le supplier
De finir mes peines mortelles ?
Si je le dis au blanc ramier,
Il l'ira dire aux tourterelles.

Je me ploie ainsi qu'un roseau
Et ma beauté penche flétrie.
Si je le dis au bleu ruisseau,
Il l'ira dire à la prairie.

Vous qui voyez mon désespoir,
Flots, ailes, brises des montagnes !
Si je le dis à mon miroir,
Il l'ira dire à mes compagnes.

Parce que je languis d'amour,
Vous qui voyez que je me pâme,
Allez, allez de ce séjour
Vers le bien-aimé de mon âme !

Théodore de Banville (1823-1891)
Les Stalactites

Le meilleur moment des amours

Le meilleur moment des amours
N'est pas quand on a dit : Je t'aime.
Il est dans le silence même
À demi rompu tous les jours ;

Il est dans les intelligences
Promptes et furtives des cœurs ;
Il est dans les feintes rigueurs
Et les secrètes indulgences ;

Il est dans le frisson du bras
Où se pose la main qui tremble,
Dans la page qu'on tourne ensemble
Et que pourtant on ne lit pas.

Heure unique où la bouche close
Par sa pudeur seule en dit tant ;
Où le cœur s'ouvre en éclatant
Tout bas, comme un bouton de rose.

Où le parfum seul des cheveux
Paraît une faveur conquise...
Heure de la tendresse exquise
Où les respects sont des aveux.

René-François SULLY PRUDHOMME
(1839-1907)
Stances et poèmes

À Célimène

Je ne vous aime pas, ô blonde Célimène,
Et si vous l'avez cru quelque temps, apprenez
Que nous ne sommes point de ces gens que l'on mène
Avec une lisière et par le bout du nez ;
Je ne vous aime pas... depuis une semaine,
Et je ne sais pourquoi vous vous en étonnez.

Je ne vous aime pas ; vous êtes trop coquette,
Et vos moindres faveurs sont de mauvais aloi ;
Par le droit des yeux noirs, par le droit de conquête,
Il vous faut des amants. (On ne sait trop pourquoi.)
Vous jouez du regard comme d'une raquette ;
Vous en jouez, méchante... et jamais avec moi.

Je ne vous aime pas, et vous aurez beau faire,
Non, madame, jamais je ne vous aimerai.
Vous me plaisez beaucoup ; certes, je vous préfère
À Dorine, à Clarisse, à Lisette, c'est vrai.
Pourtant l'amour n'a rien à voir dans cette affaire,
Et quand il vous plaira, je vous le prouverai.

J'aurais pu vous aimer ; mais, ne vous en déplaise,
Chez moi le sentiment ne tient que par un fil...
Avouons-le, pourtant, quelque chose me pèse :
En ne vous aimant pas, comment donc se fait-il

Que je sois aussi gauche, aussi mal à mon aise
Quand vous me regardez de face ou de profil ?

Je ne vous aime pas, je n'aime rien au monde ;
Je suis de fer, je suis de roc, je suis d'airain.
Shakespeare a dit de vous : « Perfide comme l'onde » ;
Mais moi je n'ai pas peur, car j'ai le pied marin.
Pourtant quand vous parlez, ô ma sirène blonde,
Quand vous parlez, mon cœur bat comme un tambourin.

Je ne vous aime pas, c'est dit, je vous déteste,
Je vous crains comme on craint l'enfer, de peur du feu ;
Comme on craint le typhus, le choléra, la peste,
Je vous hais à la mort, madame ; mais, mon Dieu !
Expliquez-moi pourquoi je pleure, quand je reste
Deux jours sans vous parler et sans vous voir un peu.

Alphonse DAUDET (1840-1897)
Les Amoureuses

À LA PLUS BELLE

Nul ne l'a vue et, dans mon cœur,
Je garde sa beauté suprême ;
(Arrière tout rire moqueur !)
Et morte, je l'aime, je l'aime.

J'ai consulté tous les devins,
Ils m'ont tous dit : « C'est la plus belle ! »
Et depuis j'ai bu tous les vins
Contre la mémoire rebelle.

Oh ! ses cheveux livrés au vent !
Ses yeux, crépuscule d'automne !
Sa parole qu'encor souvent
J'entends dans la nuit monotone.

C'était la plus belle, à jamais,
Parmi les filles de la terre...
Et je l'aimais, oh ! je l'aimais
Tant, que ma bouche doit se taire.

J'ai honte de ce que je dis ;
Car nul ne saura ni la femme,
Ni l'amour, ni le paradis
Que je garde au fond de mon âme.

Que ces mots restent enfouis,
Oubliés, (l'oubliance est douce)
Comme un coffret plein de louis
Au pied du mur couvert de mousse.

Charles CROS (1842-1888)
Le collier de griffes

Ô SI CHÈRE DE LOIN...

Ô si chère de loin et proche et blanche, si
Délicieusement Toi, Mary, que je songe
À quelque baume rare émané par mensonge
Sur aucun bouquetier de cristal obscurci

Le sais-tu, oui ! pour moi voici des ans, voici
Toujours que ton sourire éblouissant prolonge
La même rose avec son bel été qui plonge
Dans autrefois et puis dans le futur aussi.

Mon cœur qui dans les nuits parfois cherche à
s'entendre
Ou de quel dernier mot t'appeler le plus tendre
S'exalte en celui rien que chuchoté de sœur

N'était, très grand trésor et tête si petite,
Que tu m'enseignes bien toute une autre douceur
Tout bas par le baiser seul dans tes cheveux dite.

Stéphane MALLARMÉ (1842-1898)
Poésies

Pour toujours !

L'espoir divin qu'à deux on parvient à former
    Et qu'à deux on partage,
L'espoir d'aimer longtemps, d'aimer toujours, d'aimer
    Chaque jour davantage ;

Le désir éternel, chimérique et touchant,
    Que les amants soupirent,
À l'instant adorable où, tout en se cherchant,
    Leurs lèvres se respirent ;

Ce désir décevant, ce cher espoir trompeur,
    Jamais nous n'en parlâmes ;
Et je souffre de voir que nous en ayons peur,
    Bien qu'il soit dans nos âmes.

Lorsque je te murmure, amant interrogé,
    Une douce réponse,
C'est le mot : — Pour toujours ! — sur les lèvres que j'ai,
    Sans que je le prononce ;

Et bien qu'un cher écho le dise dans ton cœur,
    Ton silence est le même,
Alors que sur ton sein, me mourant de langueur,
    Je jure que je t'aime.

Qu'importe le passé ? Qu'importe l'avenir ?
La chose la meilleure,
C'est croire que jamais elle ne doit finir,
L'illusion d'une heure.

Et quand je te dirai : — Pour toujours ! — ne fais rien
Qui dissipe ce songe,
Et que plus tendrement ton baiser sur le mien
S'appuie et se prolonge !

François Coppée (1842-1908)
Le Cahier rouge

Tu vis en toutes les femmes

Car tu vis en toutes les femmes
Et toutes les femmes c'est toi.
Et tout l'amour qui soit, c'est moi
Brûlant pour toi de mille flammes.

Ton sourire tendre ou moqueur,
Tes yeux, mon Styx ou mon Lignon,
Ton sein opulent ou mignon
Sont les seuls vainqueurs de mon cœur.

Et je mords à ta chevelure
Longue ou frisée, en haut, en bas,
Noire ou rouge et sur l'encolure
Et là ou là – et quels repas !

Et je bois à tes lèvres fines
Ou grosses, – à la Lèvre, toute !
Et quelles ivresses en route,
Diaboliques et divines !

Car toute la femme est en toi
Et ce moi que tu multiplies
T'aime en toute Elle et tu rallies
En toi seule tout l'amour : Moi !

Paul VERLAINE (1844-1896)
Chair

Compagne savoureuse et bonne

Compagne savoureuse et bonne
À qui j'ai confié le soin
Définitif de ma personne,
Toi mon dernier, mon seul témoin,
Viens ça, chère, que je te baise,
Que je t'embrasse long et fort,
Mon cœur près de ton cœur bat d'aise
Et d'amour pour jusqu'à la mort :
Aime-moi,
Car, sans toi,
Rien ne puis,
Rien ne suis.

Je vais gueux comme un rat d'église
Et toi tu n'as que tes dix doigts ;
La table n'est pas souvent mise
Dans nos sous-sols et sous nos toits ;
Mais jamais notre lit ne chôme,
Toujours joyeux, toujours fêté
Et j'y suis le roi du royaume
De ta gaîté, de ta santé !
Aime-moi,
Car, sans toi,
Rien ne puis,
Rien ne suis.

Après nos nuits d'amour robuste
Je sors de tes bras mieux trempé,
Ta riche caresse est la juste,
Sans rien de ma chair de trompé,
Ton amour répand la vaillance
Dans tout mon être, comme un vin,
Et, seule, tu sais la science
De me gonfler un cœur divin.
Aime-moi,
Car, sans toi,
Rien ne puis,
Rien ne suis.

Qu'importe ton passé, ma belle,
Et qu'importe, parbleu ! le mien :
Je t'aime d'un amour fidèle
Et tu ne m'as fait que du bien.
Unissons dans nos deux misères
Le pardon qu'on nous refusait
Et je t'étreins et tu me serres
Et zut au monde qui jasait !
Aime-moi,
Car, sans toi,
Rien ne puis,
Rien ne suis.

Paul Verlaine (1844-1896)
Chansons pour elle

Un mot de toi suffit...

Mon chéri, je t'aime, je t'aime au-delà de tout ce que les mots peuvent dire, mon âme se perd et s'abime en toi, tu me fais connaître les extases divines des âmes saintes qui n'ont aimé que le Seigneur. Et je ne suis plus triste, je sens que tu es à moi, près de moi, et tes paroles me mettent au cœur une chaleur douce et délicieuse. Tu m'as enivrée vois-tu, mais il faut que mon rêve dure, il ne faut jamais que je me réveille. Surtout ne te trompe pas sur ma tristesse, c'est de l'amour encore, de l'amour exaspéré. Je suis féroce tu sais, féroce et puérile, et je te veux avec férocité, alors quand il me semble que tu es loin de moi, pris par d'autres liens je me désespère et je ne sais plus ce que je dis. Que de folies j'ai dû t'écrire depuis que je suis ici. Mais je t'aime éperdument. Ma vie est si bien attachée à la tienne qu'un mot de toi suffit pour en ralentir ou en ranimer les sources en moi. Tu es le rayon qui fait naître et s'épanouir toutes les fleurs, si tu te retirais je mourrais de froid. Mais ce soir je suis heureuse, je voudrais le dire à ce bon torrent auquel jusqu'ici je n'ai raconté que mon désespoir, m'entendrait-il, il fait bien du tapage. Il est comme nous tous, on n'entend jamais que soi.

Mon chéri ce que tu me dis du Sénat me consterne, moins encore pour le présent que pour ce que tu avais droit d'espérer plus tard. Il me semble impossible que l'on se prive de toi, que la sympathie, l'estime, l'admiration dont tu es entouré ne triomphent pas des machinations d'un ennemi. Je t'en prie, n'agis pas légèrement et ne cède pas à une impatience que je conçois trop bien d'ailleurs. [...]

Adieu, mon bien aimé, tant de jours encore avant de te revoir. Mais crois en moi je t'en prie, c'est mieux que de la volupté, c'est du bonheur que je prétends te donner.

Madame DE CAILLAVET (1844-1910)
Lettre à Anatole France, 1er août 1888

Désirs

Le rêve pour les uns serait d'avoir des ailes,
De monter dans l'espace en poussant de grands cris,
De prendre entre leurs doigts les souples hirondelles,
Et de se perdre, au soir, dans les cieux assombris.

D'autres voudraient pouvoir écraser des poitrines
En refermant dessus leurs deux bras écartés ;
Et, sans ployer des reins, les prenant aux narines,
Arrêter d'un seul coup les chevaux emportés.

Moi, ce que j'aimerais, c'est la beauté charnelle :
Je voudrais être beau comme les anciens dieux,
Et qu'il restât aux cœurs une flamme éternelle
Au lointain souvenir de mon corps radieux.

Je voudrais que pour moi nulle ne restât sage,
Choisir l'une aujourd'hui, prendre l'autre demain ;
Car j'aimerais cueillir l'amour sur mon passage,
Comme on cueille des fruits en étendant la main.

Ils ont, en y mordant, des saveurs différentes ;
Ces arômes divers nous les rendent plus doux.
J'aimerais promener mes caresses errantes
Des fronts en cheveux noirs aux fronts en cheveux roux.

J'adorerais surtout les rencontres des rues,
Ces ardeurs de la chair que déchaîne un regard,
Les conquêtes d'une heure aussitôt disparues,
Les baisers échangés au seul gré du hasard.

Je voudrais au matin voir s'éveiller la brune
Qui vous tient étranglé dans l'étau de ses bras ;
Et, le soir, écouter le mot que dit tout bas
La blonde dont le front s'argente au clair de lune.

Puis, sans un trouble au cœur, sans un regret mordant,
Partir d'un pied léger vers une autre chimère.
— Il faut dans ces fruits-là ne mettre que la dent :
On trouverait au fond une saveur amère.

Guy de Maupassant (1850-1893)
Des vers

Première soirée

Elle était fort déshabillée
Et de grands arbres indiscrets
Aux vitres jetaient leur feuillée
Malinement, tout près, tout près.

Assise sur ma grande chaise,
Mi-nue, elle joignait les mains.
Sur le plancher frissonnaient d'aise
Ses petits pieds si fins, si fins.

Je regardai, couleur de cire,
Un petit rayon buissonnier
Papillonner dans son sourire
Et sur son sein, — mouche au rosier.

Je baisai ses fines chevilles.
Elle eut un doux rire brutal
Qui s'égrenait en claires trilles,
Un joli rire de cristal.

Les petits pieds sous la chemise
Se sauvèrent : « Veux-tu finir ! »
La première audace permise,
Le rire feignait de punir !

Pauvrets palpitants sous ma lèvre,
Je baisai doucement ses yeux :
Elle jeta sa tête mièvre
En arrière : « Oh ! c'est encor mieux !...

Monsieur, j'ai deux mots à te dire... »
Je lui jetai le reste au sein
Dans un baiser, qui la fit rire
D'un bon rire qui voulait bien...

Elle était fort déshabillée
Et de grands arbres indiscrets
Aux vitres jetaient leur feuillée
Malinement, tout près, tout près.

Arthur RIMBAUD (1854-1891)
Poésies

Avec mes sens

Avec mes sens, avec mon cœur et mon cerveau,
Avec mon être entier tendu comme un flambeau
Vers ta bonté et vers ta charité
Sans cesse inassouvies,
Je t'aime et te louange et je te remercie
D'être venue, un jour, si simplement,
Par les chemins du dévouement,
Prendre, en tes mains bienfaisantes, ma vie.

Depuis ce jour,
Je sais, oh ! quel amour
Candide et clair ainsi que la rosée
Tombe de toi sur mon âme tranquillisée.

Je me sens tien, par tous les liens brûlants
Qui rattachent à leur brasier les flammes ;
Toute ma chair, toute mon âme
Monte vers toi, d'un inlassable élan ;
Je ne cesse de longuement me souvenir
De ta ferveur profonde et de ton charme,
Si bien que, tout à coup, je sens mes yeux s'emplir,
Délicieusement, d'inoubliables larmes.

Et je m'en viens vers toi, heureux et recueilli,
Avec le désir fier d'être à jamais celui
Qui t'est et te sera la plus sûre des joies.
Toute notre tendresse autour de nous flamboie ;
Tout écho de mon être à ton appel répond ;
L'heure est unique et d'extase solennisée
Et mes doigts sont tremblants, rien qu'à frôler ton front,
Comme s'ils y touchaient l'aile de tes pensées.

Émile VERHAEREN (1855-1916)
Les heures d'après-midi

Le Reproche

Quoi !! vous avez ma vie avec tout mon visage
    Et mon corps qui est nu,
Et qui frissonne tout du don et de l'usage
    Que vous en avez eus !

Quoi ! votre bouche avide a respiré ma bouche
    Et je fus en vos mains
Celle qui vit et qui soupire et dont on touche
    Le doux ventre et les seins !

Et vous avez senti, sous ma poitrine lisse,
    Mon cœur battre à grands coups,
Et toute cette angoisse, hélas ! avec délice
    Que j'éprouvais de vous !

Vous avez vu ma peur, ma peine et ma faiblesse,
    Que dis-je ? et mon désir
Et sa rougeur et sa folie et sa bassesse
    En face du plaisir.

Vous avez eu mon corps, mon cœur et mon visage ;
    Vous savez, orgueilleux,
Que c'est sur votre chère et redoutable image
    Que se ferment mes yeux ;

Vous m'avez contemplée, anéantie et nue
De la nuque à l'orteil,
Et suppliant ainsi l'aurore revenue
D'arrêter son soleil.

Et vous pourriez parler aux hommes d'autre chose
Que du goût de ma peau,
Vous pourriez en riant respirer une rose
Sans me nommer tout haut ;

Vous pourriez écouter les propos et les rires,
Les paroles, les voix,
Vous pourriez vivre encor comme un autre et sans dire :
Sachez qu'elle est à moi.

Mais non ! Si vous m'aviez ainsi nue et farouche,
Étreinte entre vos bras
Sans que tout votre amour criât par votre bouche,
Vous ne m'aimeriez pas !

Henri DE RÉGNIER (1864-1936)
La Sandale ailée

Prolonge la nuit…

Prolonge la nuit, Déesse qui nous brûles !
Éloigne de nous l'aube aux sandales d'or.
Déjà, sur l'étang, les vertes libellules
Ont pris leur essor.

Tes cheveux, flambant sous l'ombre de tes voiles,
Atthis, ont gardé le feu rouge du jour,
Et le vin des fleurs et le vin des étoiles
M'enivrent d'amour.

Nous ne savons pas quelle aurore se lève
Là-bas, apportant l'inconnu dans ses mains…
Nous tremblons devant l'Avenir, notre rêve
Craint les lendemains.

Je vois la clarté sous mes paupières closes,
J'étreins vainement la douceur qui nous fuit.
Déesse à qui plaît la ruine des roses,
Prolonge la nuit.

Renée Vivien (1877-1909)
Évocations

Mon très cher petit Lou

Mon très cher petit Lou je t'aime
Ma chère petite étoile palpitante je t'aime
Corps délicieusement élastique je t'aime
Vulve qui serre comme un casse-noisette je t'aime
Sein gauche si rose et si insolent je t'aime
Sein droit si tendrement rosé je t'aime
Mamelon droit couleur de champagne non champagnisé je t'aime
Mamelon gauche semblable à une bosse du front d'un petit veau qui vient de naître je t'aime
Nymphes hypertrophiées par tes attouchements fréquents je vous aime
Fesses exquisement agiles qui se rejettent bien en arrière je vous aime
Nombril semblable à une lune creuse et sombre je t'aime
Toison claire comme une forêt en hiver je t'aime
Aisselles duvetées comme un cygne naissant je vous aime
Chute des épaules adorablement pure je t'aime
Cuisse au galbe aussi esthétique qu'une colonne de temple antique je t'aime
Oreilles ourlées comme de petits bijoux mexicains je vous aime
Chevelure trempée dans le sang des amours je t'aime

Pieds savants pieds qui se raidissent je vous aime
Reins chevaucheurs reins puissants je vous aime
Taille qui n'a jamais connu le corset taille souple je
t'aime
Dos merveilleusement fait et qui s'est courbé pour
moi je t'aime
Bouche ô mes délices ô mon nectar je t'aime
Regard unique regard-étoile je t'aime
Mains dont j'adore les mouvements je vous aime
Nez singulièrement aristocratique je t'aime
Démarche onduleuse et dansante je t'aime
Ô petit Lou je t'aime je t'aime je t'aime

Guillaume APOLLINAIRE (1880-1918)
Poèmes à Lou

J'AURAI BEAU DRESSER MON ORGUEIL

J'aurai beau dresser mon orgueil
Devant ma sagesse en déroute,
Et, pour ignorer votre seuil,
Bander mes yeux, barrer la route.

Comme la soif cherche le fruit,
Comme le flot reprend la dune,
Le crépuscule atteint la nuit,
La nuit reçoit le clair de lune :

Ô mon ami, j'irai vers vous
À moins d'être enchaînée ou morte,
Avec mon rêve le plus doux,
Et ma passion la plus forte !

Si vous ne reposez sur moi
Ce regard où l'amour sait lire,
Je déroberai mon émoi
Sous un indifférent sourire...

Mais j'aurai touché votre main
Et reconnu votre visage ;
J'emporterai jusqu'à demain
Votre intacte et vivante image.

Je sais trop, pourtant, ce que vaut
Cette illusoire complaisance,
Et devine que de nouveau
J'aurai soif de votre présence.

Dédain, renoncement, fierté,
Tout refus tombe de soi-même,
Devant l'âpre nécessité
De voir et saisir ce qu'on aime !

Comme le lotus suit le flot,
La neige descend sur la cime,
Le chant se double de l'écho,
L'ombre avec la forme s'anime :

Dans l'élan le plus enivré
Joint à la ferveur la plus grave,
Amie, amante, épouse, esclave,
J'irai vers vous, vers toi... J'irai !

Amélie MURAT (1882-1940)
Le Sanglot d'Ève

Table

Cet ouvrage a été imprimé par

La Nouvelle Imprimerie Laballery
à Clamecy

en janvier 2023
pour le compte de
Christine Bonneton éditeur

FSC
www.fsc.org
MIXTE
Papier | Pour une gestion forestière responsable
FSC® C022829

Dépôt légal : mars 2023
N° d'impression : 210449
Imprimé en France